書下ろし

そんな夢をあともう少し

千住のおひろ花便り

稲田和浩

祥伝社文庫

目次

供花（くげ） 7
千住（せんじゅ）の一本桜 23
紫陽花（あじさい） 89
女郎花（おみなえし） 133

紅葉(もみじ)狩り 185
水仙 257
年季が明けたら 311
解説・大矢博子(おおやひろこ) 371

供花（くげ）

佐兵衛は驚いた。

長屋の、子供相手の駄菓子屋の婆さんだ。その通夜に三十人以上の弔問客が来た。

長屋の住人五、六人でささやかな通夜で送ってやろうと考えていた。酒を一升と、女房に煮しめを作らせておいた。

婆さんの家は二間ある。いつもは長屋の土間に板を敷いて、そこに飴菓子や、簡単な玩具などを並べて売っていた。部屋は六畳と四畳半、六畳に早桶を置いて、長屋の者が線香をあげにきたら、四畳半で一杯飲んで帰ってもらえばいいと思っていた。

「お清めはうちの座敷でやってもらおう」

長屋の表通りが大家の佐兵衛の家だ。小僧を酒屋に走らせて酒の追加を頼み、女房に煮しめをどっさり作るよう命じた。

「三十人ぶんですか?」

いきなり言われて、女房のお松も驚いた。

「出来なきゃ、豆腐屋に行って、がんもどきでも何でも買って来い」

二年前に父親が死んで若くして大家を継いだ。婆さんの住んでいる霊岸島の長屋の他にも、茅場町界隈にいくつかの家作を持っている。親父ならどうするか、とまず考える。店子の面倒を見るのが生き甲斐、使命感のように思っていた親父だった。

長屋の住人が死ねば、通夜、葬式の面倒は見て来た。

「身寄りはないそうですが、日照寺の和尚に万端頼んでいたそうです」

婆さんの隣家に住む左官の丑松が言った。

「随分用意がいいな」

「もうすぐ還暦だって言っていたから。いつ死んでもいいようにって。人に迷惑は掛けたくなかったんでしょう」

身寄り頼りのない婆さんだと聞いていた。場合によっては、佐兵衛の寺に頼もうかと思っていたが、寺はちゃんと用意していたのか。あとはやることは早桶の手配くらいだが、夕方くらいに届けてくるんじゃないか。まさかそれはあるまい。

とくに長患いするでなく、風邪であっさり死んだ。昨日の夕方、丑松の女房に「今晩あたりお迎えが来るかもしれないから、明日の朝、様子を見に来て欲しい」と言っていたらしい。

どこまで気がまわる婆さんなんだ。

婆さんが長屋に引っ越して来た時には、まだ親父も生きていた。三年前だ。親父の通夜の時も、あの婆さんが台所を仕切ってくれて、来たばかりだった佐兵衛の嫁のお松はおおいに助かったのだ。

婆さんが長屋に引っ越して来たのは、狂歌の宗匠で噺家として寄席の高座にも上がっている瀧川鯉弁の世話だ。長くお店で女中頭をしていたが、五〇も半ばを過ぎたのでお店は暇をもらって、余生をのんびり暮らしたい。お店からは相応のものはもらったが、働かないで暮らせるほどのものではない。戸板一枚上に飴、菓子並べて売る駄菓子屋が出来る長屋はないかと探していたそうだ。

「宗匠とはどのような間柄です？」

親父は宗匠の狂歌の講に入っていた。

親父に聞かれて宗匠は、

「もう二十年前からのご贔屓です」と答えた。

お店に女中奉公しながら寄席通いをしていたのか。しかも噺家と昵懇になるなんざぁ、随分優雅な女中奉公だ。

日照寺の若い僧侶が暮れ六つ（午後六時頃）に来て、経を読んだ。長屋の路地に三十数人の弔問客が並んで、じっと経を聞いていた。

「明日は昼過ぎぐらいに寺に早桶を運んで欲しいと和尚が申しておりました」

若い僧侶は佐兵衛にそう告げると、早々に引き上げた。

「家主のところで、簡単なお清めを用意しております」

番頭の藤吉が弔問客に声を掛けた。藤吉は佐兵衛の祖父の代に丁稚奉公に来て、そのまま佐兵衛の家で番頭になった。年齢は四五になる。

弔問客は長屋の連中の他、数えたら三十六人いた。商人や職人、女も八人ほどいた。

藤吉に客を案内させて、佐兵衛は丑松と丑松の女房、月番の弥一の四人で残った。遅れて来る弔問客がいるかもしれない。

しばらくすると、弥一の女房が来た。

「この子らにもお線香をあげさせてはいただけませんか」

近隣の年長の子供が五人ほどいた。

「ああ、いいとも。お前たちが線香をあげてくれる。婆さんも一番喜ぶだろうよ」

佐兵衛は言った。

子供たちは親に作法を聞いて来たのだろう。並んで一人ずつ線香に火をつけ、じっとしばらく手を合わせて拝んでいた。

女の子たちがどこかで摘んで来たのか、野花を供えた。

棚の上の木の箱に煎餅があった。

佐兵衛は子供たちに煎餅を一枚ずつ渡した。

「これは婆さんからのお礼だ」

「ありがとう、大家さん」

一番年かさの子供が言った。

「私じゃない。婆さんがくれたんだ」

「ありがとう、おひろさん」

子供たちが声を揃えて言った。

弔問客は佐兵衛の家の広間に集まり、煮しめを肴に酒を飲んだ。はんぺん、蓮、芋なんかを甘辛く煮たもので、三十六人が食べるぶんとなると、お松や台所を手伝いに来た女たちは大変だったろう。

「こんなことを言っちゃなんだが、おひろさんは煮しめが嫌いだったんだよ」

初老の商人風の男が言った。

「そうなんですか。知りませんでした」

初老の男の前に座っていた若い職人風の男が言った。

「俺は付き合いが長かったから。いろいろ知っているけれどね……」

「でも、ここの煮しめはうまいですね」

別の商人風の男が言葉をさえぎった。

「ホントおいしいわね」

女も口を挟んだ。

「砂糖がふんだんに入っているのよ」

「ここの大家さんの奥様が作られたそうですよ」

「大家さん、奢ったわね」

おひろの話から、いつの間にか煮しめの話になった。

四つ過ぎ（午後十時頃）に、茅場町の大工の棟梁、熊五郎が来た。中年の大工を一人、供に連れていた。

「遅くに申し訳ねえ」

熊五郎は言った。

千住の先でやっている普請の現場から来たのでこんな刻限になったと熊五郎は言った。

「棟梁、よかったら一杯飲んでいってくれ」

佐兵衛が言った。

「へえ、では一杯だけ」

熊五郎と職人は佐兵衛の家に上がった。

もう弔問客はあらかた帰っていた。佐兵衛の長屋の住人、味噌屋の番頭の五兵衛と、煙草屋の市松が残っていた。

「棟梁、こちらへ」

五兵衛が場所を二人に譲り、煮しめを皿に盛り、渡した。

「ささ、どうぞ」

番頭の藤吉が熊五郎たちに酒を注いだ。

「私も一杯飲ませていただきます」

佐兵衛と丑松も座に着いた。

「失礼ですが、棟梁とおひろさんとはどのようなお知り合いで」

佐兵衛は恐る恐る聞いた。

どう考えても、茅場町で手広く普請を請け負っている棟梁と、駄菓子屋の婆との繋がりがわからなかった。

「大家さん、野暮は言いっこなしだ」

と、熊五郎は答えた。

なんだ？

死んだ婆と、どんな知り合いか聞くことが野暮なのか。

どんな知り合いかもわからない奴らに、こっちは酒と煮しめを振舞っているんだぞ。

そう思ったが、もしもそんなことを言ったら野暮の上塗りだ。

左様ですか。と佐兵衛は目で言い、酒を飲んだ。

「ただね」

熊五郎が言った。

ただなんだ。そこらへんを聞こうじゃないか。佐兵衛はのび上がって、熊五郎の話を聞こうとした。

「この野郎です」

熊五郎は連れの大工を指して言った。

「こいつはうちの職人で伊助(いすけ)っていうんですがね。いいか、伊助、話しても」

伊助は「うん」と頷(うなず)いた。

「伊助には今のかみさんと一緒になる前に、惚(ほ)れ合った女がいたんだが。その女は死んじまって。その女のために、おひろさんは本気で泣いてくれて。一周忌には墓参りにも来てくれたんです」

なんのことだか、わからない。

つまりなんだ。その伊助さんの惚れていた女とおひろが知り合いで。

それもいい年齢(とし)の伊助が若い頃惚れていた女だから、十年以上昔の話で。それだけの知り合いで、遠くからわざわざ弔問に来たというのか。

まったくわけがわからない。

「さて、そろそろおいとまするか」

熊五郎は盃の酒を飲み干して言った。

おいおい、まだ何も肝心の話をしていないじゃないか。

「もう一杯いかがですかな」

と、佐兵衛が言うと。

「通夜の長っ尻はするもんじゃございません」

熊五郎が答えたので。

「じゃ、私たちも、帰りますか」

五兵衛が言い、市松も頷いた。

「なら、私も。明日、また来ます」

丑松も言った。


「おひろさんはどこのお店にいたんだ」

五人が全員帰ったので、佐兵衛が藤吉に聞いた。

「足立郡の伊勢屋さんだと聞いております」

足立郡というのはどこだろう。随分田舎だ。いや、江戸の街は広がっているから、そんな在所にも店があるのだろう。

「なんのお店だ？」

これだけの人が来るのは前の店での付き合いだろう。辞めて三年になるというのに、わざわざ通夜に別れに来るんだ。世話にもなったんだろうが、どんな商売をしていたのか、佐兵衛は気になった。

しかし、藤吉はたいして気にも留めていなかったようで。

「何の商売かは存じません」と、あっけらかんと答えた。

おいおい、それでよく大家の家の番頭が勤まるな。佐兵衛は若く経験もないから、日頃は藤吉を頼りにしているが、時々気がまわらないことがあるので、苛っとすることがあった。人間年齢を重ねればいいってもんじゃない。出自で性格というのは案外変わらない。少し気がまわらないのが藤吉の性格なのだ。

「先代は鯉弁師匠からうかがっていたようです」

藤吉は言った。

そら、親父は知っていたろう。そういうところは細かい男だ。

鯉弁が来たら、聞いてみようと、佐兵衛は思った。

鯉弁はその日は来なかった。四、五日顔を見ることはなかった。しばらくして、鯉弁には会ったが、鯉弁も何も言わなかったし、佐兵衛も日々の忙しさからおひろのことを聞くことは忘れていた。

おひろの亡骸（なきがら）は、日照寺の和尚がねんごろに弔い、落合（おちあい）の焼き場で火葬された。焼き場に運ぶ人足の手当も丑松に預けていた。遺骨は日照寺の納骨堂に納められた。

四十九日に、佐兵衛はふと思い立ち、藤吉と丑松夫妻にだけ声を掛け、日照寺に出掛けた。

「墓というわけではございませんが、無縁でお預かりしているお骨のために、墓地に無縁塚が建っております」

和尚が読経のあとで言った。

「もしも気がつかれた時に、いつでも構いません。おひろさんを参ってあげてください」

和尚は自ら、佐兵衛たちを墓地の無縁塚に案内した。

無縁塚には黄色い花が供えてあった。

今日のために和尚が供えてくれたのだろうか。

「さて、どなたの供花（くげ）でございましょうか」

和尚は言った。

「これ、珍念（ちんねん）」

「へーい」

墓場の掃除をしていた小坊主が呼ばれた。

「無縁塚のお花はどなたがお供えになられたかな」

「はい。朝早くに、経師屋（きょうじ）のご隠居さんが参られました」

「経師屋の隠居?」

「以前、茅場町の長屋に住んでいた経師屋の又吉（またきち）さんのかみさんのおよしさんです」

藤吉が言った。

おいおいおい。なんだよ。経師屋の隠居は通夜や葬式には来ていなかったが。都合で来られないから、四十九日に参りに来たのか。どれだけ、顔の広い駄菓子屋なんだろう。と、佐兵衛は思った。

それにしても、この黄色い花は安くはない。

変な算盤（そろばん）をはじいた自分がちょっと恥ずかしかった。

まぁ、いいや。いつか鯉弁に会ったら聞いてみるか。いや、鯉弁に聞いても「野暮だ」と言われるだけかもしれない。知らなくていいことも世の中にはある。

初冬の空に、黄色い供花が輝くように映えていた。

千住（せんじゅ）の一本桜

「おばさんにならないか」

旅籠（はたご）の主人、傳右衛門（でんえもん）がいきなりそう言ったので、おひろは驚いた。

「おばさんって？」

おひろが聞き返すと、傳右衛門はいちいち説明するのが面倒だという顔をして、女房のあさのほうを見た。

「女郎を辞めて、遣り手にならないかって言ってるんだよ」

あさの言葉で、ようやくおひろは情況がわかった。

なるほど。

私もぼちぼち潮時ってことかい。

おひろは千住（せんじゅ）の旅籠、伊勢屋の飯盛（めしも）り女だ。

千住は奥州街道第一の宿場町として栄えた。

俗に四宿と言って、東海道の品川、中山道の板橋、甲州街道の新宿、そして奥州街道の千住は、江戸の男たちが遊ぶ街として知られていた。男の遊び、すなわち女郎買いだ。

江戸で公娼と言えば吉原。吉原だけが幕府に認められた遊郭で、他の場所は私娼、つまり違法な淫売宿になる。

違法と言っても取締まりを受けるわけではない。ただ名目上は旅籠で、遊女はいないことになっている。客の相手をするのは、飯盛り女。飯なんか盛りはしない。名称が違うだけで、やることは吉原と同じだ。

千住の宿場は、千住大橋を中心に栄えた。橋の北側が本宿で、本陣もあり、大きな旅籠も集まっている。橋の南側には、橋から二町が宿場町で、その先には小塚原の刑場があった。小塚原が訛って、南側の二町は俗に「こつ」と呼ばれた。「こつ」のほうが本宿より値段も安く、職人や、まだ雇われている商家の若者たちが遊びに来た。おひろのいる伊勢屋は「こつ」の中心にある大きな旅籠だ。飯盛り女も十二、三人はいる。

おひろの年齢は二九歳。三年前までは吉原の遊女だったが、千住に移り住んだ。

三年前、吉原の年季が明けて、さて、どうするか、両親は死んでもういない。客の中にはおひろと所帯を持ってもいいという男がいないわけでもなかったが、どれも帯に短し襷(たすき)に長し。共白髪(ともしらが)まで苦労したいというほどの男はいなかった。

いや、一人いたんだけれど。

その男は別の女と所帯を持っちまった。早い話が、おひろはふられた。だったら、やれるところまで女郎を続けよう。最後はゴザ抱えて夜鷹でもいいじゃないか。半分ヤケッパチな気分もあった。

五年の年季で千住に移り住んだ。吉原では、二五歳過ぎた女郎は歓迎されない。今の二五歳ではない。平均寿命が五〇歳くらいだった時代の話である。いや、いつの時代でもスケベエな男は若い女が好きなのは変わらないのかもしれない。

吉原では若い女が好まれるが、千住では二七、八歳の乙(おつ)な年増(としま)がモテた。酸(す)いも甘いも嚙(か)み分けて、粋(いき)な話の一つも出来る女のほうが客には好まれたのだ。

おひろもたちまち、伊勢屋で板頭(いたがしら)を張るようになった。板頭とはその店の一番の売れっ子を言う。壁に名前の書かれた板をぶらさげる。売れっ子から順番に並び、おひろの名が一番上（かみ）に掲げられていた。だが、それも一年前までの話で、いくら年増が受けても三〇歳も近くなるとそうもゆかないのか、このところのおひろは三番手くらいまで下がっていた。

「お前も十分働いてくれた。ここらで楽をしてもいいんじゃねえかと思ってな」

傳右衛門は言った。

残りの年季の借金は棒引きで構わない。と言っても三年板頭を務めたおひろだ。とっくに借金以上は伊勢屋に儲（もう）けさせている。

ちなみに、遊女屋では遊女以外の女の奉公人を「おばさん」という。あるいは「遣り手」「遣り手婆」などともいう。年齢が上の者もいたが、「婆」というほどの年寄はそうはいない。おひろのような三〇前の女でも「おばさん」と呼ばれる。

ついでに言うと、男の奉公人は「若（わか）い衆（し）」と呼ばれる。おじいさんでも「若い衆」だ。

「おばさんにならないか」

傳右衛門は言ったが、「なりません」とは言えない。宿の主人が決めたことに、女はいちいち逆らえないのも遊女屋の掟だ。女郎でも構わないと思っていたおひろだが、女郎を辞めて、女郎が天職で、一生女郎でも構わないと思っていたおひろだが、女郎を辞めて、女郎屋のおばさんになる、それもいいじゃないか。今度は女郎たちのために働く、一生女郎屋のまわりからは抜け出せないんだ。それが私の運命なら、そうやって生きてゆけばいいんだよ。

季節は春になった。吉原では夜桜見物の客で賑わう。吉原で夜桜を見物し、吉原に上がらず、千住に流れて来る客もいる。桜は桜。遊びは遊びだ。

千住も、こつの宿はずれに大きな一本桜があり、旅人の目を引く。

「吉原のような鮮やかさはないが、この一本桜が月明かりに照らされた夜桜は、静かな趣があって好きだ」

などと言う客もいる。

千住に来る客は、吉原よりも値段が安いというのもあるが、千住にはまた千住の楽しみがある。格式ばらない、気楽な遊びどころが千住で、職人や小商人が多く来るし、年配の客も来る。年配の客は年増の遊女と粋なやりとりを楽しみにしている者もいたりする。江戸っ子は案外、そういう趣が好きで千住に来る客も多かった。

　おひろが遊女を辞める日が来月の一五日と決まった。

　職人が給金をもらう日は、晦日と一四日が多かった。職人の客が多いおひろで、最後の一稼ぎをしようというのが伊勢屋の腹だ。

　おひろは馴染みの客に一生懸命手紙を書いた。

「おばさんになるんなら、いっそ俺と所帯を持たねえか」

　そんなことを言う客もいた。

「何を言ってるんだね。お前には女房がいるじゃないか」

「女房なんぞは叩き出す」

　この男は千住に来ていることが女房にバレて、二度も家を叩き出されている。

「お前の顔が見られなくなると思うと、寂しい」

　そういう男はあまたいた。

「私はここの店にいるからさ、顔が見たくなったら、いつでもおいでよ」

　何も男は顔を見たくて来るわけじゃない。

　そんなことはわかっている。

金払いのいい客は、なるべく妹女郎たちに引き継がせてやろう。

口では「惚れた」「腫れた」「一緒になろう」と言っていた相手だが、所詮は銭で結ばれた男と女なんだ。

おひろが辞める日まで、一体何人の男が訪ねて来たろう。最後の一五日には十人以上の客が来た。

その一人一人を、おひろは感謝の心を込めて丁寧に送り出した。そして、桜が散って若葉の芽が鮮やかに映る頃、おひろの十五年の遊女の暮らしが終わった。

おひろは髷を結い直し、眉を剃った。既婚女性の形になった。おひろに亭主はいないが、遊女屋でおばさんとして働く以上、未婚女性の形でいては遊女と張り合うことになる。

「俺はおばさんのほうがいい」

なんていう客がいないとも限らない。

今までおばさんを務めていたおしかが来月で辞めるので、一月の間で、おひろはおばさんの仕事を教わった。

「教えなくたって、おひろさんは全部心得ているから、私は安心して辞められる」

おしかは言った。

おしかが辞めるので、伊勢屋はその代わりに、おひろを選んだ。

おしかはまだ五〇歳を越えたばかりだ。おしかの亭主は腕のいい職人だったらしい。なんの職人かはおしかは言わなかった。おしかが二五歳の時、亭主が事故で死んだ。六歳の倅、松吉とおしかが残された。三年の間は亭主の残した金と賃仕事で母子で暮らした。

松吉が九歳になった時、汚わい屋の甚兵衛の紹介で、松吉は江戸日本橋の袋物問屋に丁稚奉公に上がった。亭主の残した金も底をついていたし、松吉がこの先、生きてゆくためには奉公に出て商売のやり方を身につけたほうがよいと判断した。

「もう、お母さんはいないものと思って、これからは一人で生きてゆくんだよ」

いつまでも松吉を手元に置いておきたかった。亭主が死ななければ、松吉は亭主の跡を継ぎ、皆から「若旦那」「若棟梁」と言われて、苦労せずに生きてゆかれたはずだ。

これから十年、二十年、もしかしたら一生、松吉は他人の家で飯を食わなければならない。不憫(ふびん)だったが、そうしなければ松吉は生きてはゆかれないのだ。心を鬼にして、松吉を送り出した。

そして、自分自身も生きてゆくため、飯を食うために、千住の伊勢屋におばさんとして働くことにした。

それから干支(えと)が二まわり過ぎた。つい先日、中年の商人風の男が伊勢屋を訪ねて来た。

「こちらに、おしかという者がご厄介(やっかい)になってはいませんか」

松吉だった。

九歳で奉公して二十四年間働き、今度、暖簾(のれん)分けをしてもらうことになった。一家の主人となったのだ。ついては、母親のおしかを引き取り面倒を見たいと言う。

「何を言ってるんだい。私はお前を捨てたんだ。いまさら、お前に面倒を見てもらう気なんてないよ」

おしかは言った。

「捨てられたなんて思ったことは一度もないよ」

松吉は言った。

「暮らしが出来るようになるまで、ちょっとの間別れて暮らしただけだろう」

松吉はさらに、「甚兵衛さんから話を聞いたよ」と言った。

おしかは客から四文銭（約百円）の祝儀をもらうと、竹の筒に入れた。吉原なら、一分銀（約二万五千円）の祝儀を出す客もいるだろうが、千住で、しかも橋の南側の「こつ」ではまずいない。おばさんや若い衆への祝儀は四文銭数枚で、「これで蕎麦でも食ってくれ」と渡すのが普通だ。

出すほうも、もらうほうも遠慮のいらない金額だ。

おしかは竹筒がいっぱいになると、甚兵衛に渡した。

「松吉に渡しちゃいけない。番頭さんに渡して、松吉が使いに行った時に、駄賃だと言って渡してくれるよう頼んでおくれ」

番頭が銭をちょろまかすことくらい、織り込み済みだ。全部懐に入れたって構わない。松吉のおふくろから銭をいただいていると思えば、決して松吉を虐めたりはしないはず。

竹筒を渡す時、甚兵衛から松吉の様子を聞くのが、おしかの唯一の楽しみだった。

「なんだい、甚兵衛爺さんのお喋りが」

おしかはしゃがみこんでワーッと泣いた。

「立派な倅がいて、よかったじゃないか」

傳右衛門とあさももらい泣きをした。

こうして一月後、おしかは伊勢屋を去り、伊勢屋の二階はおひろが仕切ることとなった。

力仕事や蒲団の上げ下ろし、行燈(あんどん)の油の取替え、その他、遊女たちの使い走りなどの雑用は若い衆の仕事だ。

おばさんは二階の小部屋に陣取り、遊女と客に間違いがないかを監視するのが主な役目だ。

監視ったって、目を光らせて見張るわけじゃない。

客と手に手を取って駆け落ちしようなんていう馬鹿は滅多にいない。いれば、様子ですぐわかる。

おひろの仕事は、遊女たちの話し相手だ。もともと朋輩(ほうばい)だった。遊女たちもおひろにはいろんなことが話しやすい。

「このところ、辰(たつ)つぁんがちっとも来ないんだよ」

早速、若い遊女のおゆみがおひろの部屋にやって来た。

「辰つぁんって、本郷あたりから通って来る、大工の辰つぁんかい」

「そう。大工の辰つぁん、きっと吉原で浮気してるんだよ、口惜しいねえ」

「辰つぁんは吉原のような堅苦しい遊びは苦手だろう。きっと仕事が忙しいんだよ」

「でも心配だよ」

「じゃ、手紙を書いたらどうだい」

「駄目だよ、私、字が書けないから」

「仮名くらいは書けるだろう」

「うん。仮名は書けると思うけれど、随分、書いてないから忘れちゃったよ」

「なら、教えてあげるからさ」

「教えてもらっても駄目だよ」

「どうして？」

「辰つぁん、字が読めないから」

　一事が万事こんな塩梅だ。

「辰つぁんはいいから、他の客にも手紙を書くんだよ。無沙汰な客が、来ないとも限らないだろう。ちょいと、茂さん、半紙と当たり箱持って来て」

若い衆の茂蔵に紙と筆を持って来させる。

当たり箱は硯箱のことだ。遊女屋も花柳界の一種、「する」は忌み言葉で嫌われた。だから、「墨を磨る」でなく「墨を当たる」と言う。

「おひろ姉さん、何やってるの」

他の遊女が顔を出し、

「手紙の書き方を教えるから。皆を呼んどいで」

それから、にわかの寺子屋がはじまる。

遊女たちもさまざまだ。そこそこ字の書ける者もいれば、「いろは」が書けない者もいる。十代、二十代の女たちだが、それぞれ苦労を背負って、今の場所にいるんだ。

おなかは今年二二歳になる。

一六歳の時に伊勢屋に来た。伊勢屋ではおひろより古株だが、おひろのほうが年齢が上だから、おひろが伊勢屋に来た時から「姉さん」と慕っていた。

「白さんがちっとも来てくれないんだ」

白さんは奥州のどっかの街にある商家に奉公しているらしい。三ヶ月に一度、江戸に出て来る行き帰りに伊勢屋に寄って、おなかの客になった。

「まさか、千住を素通りしているんじゃないだろうね」

確かに江戸を朝発って千住に泊まる馬鹿はいない。でも、昼過ぎに発って、千住に泊まって、翌朝から長い旅に出る者もいないわけではない。白さんこと白蔵は、多分それで伊勢屋に泊まり、おなかのことが気に入ったようで、二年近く、三ヶ月に二度、行き帰りに伊勢屋に泊まっていた。

「奥州のさる街の商家の奉公人」としか、白蔵はおなかに言っていないらしい。

おひろが宿帳を見ると、「白河、白木屋重兵衛方、白蔵」となっていた。

白木屋が何屋なのかなんて、調べようがない。白が三つも並ぶなんて、なんか怪しい。と、おひろは思った。

そう言えば、本宿に使いに行った時に、陣屋の前の高札を見たことを思い出した。奥州を荒らしている盗賊一味の手配書で、黒牛、黄虎、赤馬、白鼠とかいう名前が並んでいたっけ。白鼠なんていたけれど、まさか盗賊じゃないよね。

「おなかちゃん、お前、白さんのことが好きなのかい？」

どちらかというと、ずんぐりむっくりで小太りな男だ。顔も四角くてエラが張っている。白蔵は女に好かれる顔ではないが、男と女の間に顔はあまり関係はない。

おひろが聞いたら、おなかは黙ってうつむいた。

これはもしかしたら、本気かもしれないねえ。

「おなかさんの待ち人が来やしたぜ」

若い衆の善助がおひろに言った。

白蔵が来たのかと思ったが、違った。

おなかの馴染み客は白蔵だけではない。千住の本宿にある煮しめ屋の奉公人で、貫太もたまに来る客の一人だ。貫太は背が高く、色は黒いが目元の涼しいい男だ。若い衆にしたら、「おなかの待ち人」と映るだろう。だが、おなかと話していても貫太の名前が出たことはなかった。

煮しめ屋の奉公人だから、貫太の近くに寄ると、醤油と砂糖の甘辛い臭いがした。

貫太も白蔵と同じく三ヶ月に一度くらいの割合でふらりとやって来る客だ。煮しめ屋の奉公人の給金では、なかなか女郎買いになんぞは来られない。コツコツ貯めて、おなかに逢いに来るのだろう。

醬油の臭いが身体に染み付くくらい働いて貯めた金を吸い取っちまうんだから、女郎屋なんていうのは因果な商売だと、おひろは思った。

貫太は二五、六歳になるだろうか。貫太くらいいい男なら、惚れる女もいるだろう。所帯を持っちまって、女郎屋なんぞに来なければいいのにとも思う。いや、煮しめ屋の奉公人の給金では、女房、子供は養えない。貫太に嫁を世話しようという人もいないのだろう。だからこうして、三ヶ月に一度のおなかとの逢瀬を楽しみに通って来ているのだ。


その日の四つ（午後十時頃）近くだ。

「ごめんよ」

旅装束の男が伊勢屋に現われた。

やって来たのは白蔵だった。奥州から出て来たところらしい。

「暮れ六つ（夕方の六時頃）には着くはずだったんだが、すっかり遅くなっちまった。湯には入れるかな」

「へえ、大丈夫です」

善助が答えた。

「すぐに支度をしやす」

「頼んだよ」

善助から、白蔵が来たと聞いて、おひろは困惑した。

いま、おなかは貫太の部屋にいる。「白蔵が来た」と告げたら、貫太を放り出して白蔵の部屋に飛んで行くだろう。それでは貫太が気の毒だ。どれだけ煮しめをこしらえれば、女郎屋に来る銭が稼げるんだろう。

なんで同じ日に二人が来るのかねえ。

とりあえず、白蔵が湯から上がるまで、おなかには白蔵が来たことを知らせるのはよそうと、おひろは思った。


「あれ、あんた、おひろさんだろう」

白蔵を風呂場に案内をする時に、おひろは言われた。

「あんた、おばさんになったのか」

「はい。今後ともご贔屓(ひいき)、お願いしますよ」

「こちらこそ、よろしく頼むよ」

白蔵は紙に包んだ小粒をくれた。

「少ないけれど、祝儀だ」

銭じゃない。一朱（約六千円）の銀貨だ。千住じゃ本宿にだって、おばさんに一朱の祝儀を包む客は滅多にいない。白蔵はよほど景気がいいのだろうか。

一朱もくれるなら、すぐにおなかに「白蔵が来た」と知らせてやればよかった、とおひろは思った。

今からでも知らせてやるか。だが、「白蔵が来た」と聞いたら、おなかは貫太を放り出して風呂場に飛んで来て、白蔵の背中を流しはじめるに違いない。やはり貫太が気の毒だ。白蔵の背中はおなかの代わりに私が流してあげよう。そうすればもう一朱くれるかもしれない。

おひろが背中を流したって、白蔵は喜びはしない。せめて一朱の礼に着物くらいたたんであげようか。

白蔵は湯殿の板の間で、帯を解いて、着物と襦袢を脱ぎ捨てた。

あら。

流石のおひろも驚いた。

堅気の商人と聞いていた白蔵の背中に彫り物があった。

この時代、彫り物を入れるのは流行(はや)っていた。堅気でも彫り物を入れる男は多かった。火消や船頭といった威勢よく肌脱ぎになる職業の者には、むしろ必要不可欠だった。職人で入れる者も多かったが、ただ、商人で彫り物というのは珍しかった。

それに白蔵の彫り物の絵柄が変わっていた。蛇使いの男が、蛇のたくさん入った箱を蹴り倒して見得を切っているような絵だ。

「珍しい絵だろう」

白蔵がちょっと自慢気に言った。

彫り物はまたの呼び方を「我慢」と言う。彫り物を入れるには、針を肌に刺すからかなりの痛みがともなう。緻密な絵柄なら、長い時間痛みが続くわけだから、我慢強さ、すなわち「男らしさ」の証明でもあるのだ。

我慢強さを自慢したくて彫り物を入れるのである。だから、肌脱ぎになる職業の連中が入れた。年中、己の我慢を自慢できる。反対に火消や船頭で彫り物を入れていない者は、我慢が出来ない、痛みに弱い奴だとバカにされた。商人のように滅多に人前で裸になることのない商売の者では自慢する機会も少ない。せっかく、彫り物を入れても、我慢のし甲斐がないのだ。

せいぜいが湯屋か女郎屋くらいでしか自慢も出来ない。

自分の惚れた女ではない。そこにいるのは、ただのおばさんだが、ここは白蔵の自慢のしどころである。

「国芳の水滸伝だ」

白蔵は言った。

おひろも歌川国芳の名前は知っていた。

江戸で一番人気の浮世絵師と言っていい。源頼光の四天王、渡辺綱や坂田金時、あるいは、義経、弁慶などの武者絵を得意としていた。その武者に憧れて、国芳描く武者絵を彫り物にする者が多くいた。

とりわけ国芳の名を知らしめたのが、中国の物語「水滸伝」に登場する百八人の豪傑を描いた武者絵「通俗水滸伝豪傑百八人之一個」だ。「水滸伝」の豪傑は、日本の武者絵のような武将ばかりではなく、九紋龍史進、花和尚魯智深、浪裏白跳張順、虎退治の武松といった市井の無頼漢もいたため、より自分たちに近い豪傑として、人々が親しんでいた。

白蔵もそんな「水滸伝」の豪傑に憧れて、彫り物を入れたのだろう。

おひろの昔の客に絵草紙屋がいて、「水滸伝」が人気だという話は聞いたことがある。

「留守番へ飯のありかと水滸伝」

留守番を頼む時は、腹が減らないように飯のありかを教え、退屈しないように水滸伝の読本を与えておく、という光景を詠(よ)んだ川柳(せんりゅう)だ。

そのくらい人気があった。

だから、実際に「水滸伝」の読本を読んだことがないおひろでも、九紋龍史進や花和尚魯智深という名前くらいは知っていた。

「誰なんだい？」

「白日鼠(はくじつそ)の白勝(はくしょう)ってんだ」

白日鼠の白勝という名前は知らなかった。

「知らなくて当然だ。百八人出て来る豪傑の百六番目の豪傑だからな」

白蔵は笑いながら言った。

百八人の百六番目って、下から三番目ってことじゃないか。

いやだよ、この人は。下から三番目の豪傑を、背中に背負っているのかい。遠慮があるにもほどがある。せめて真ん中より上の豪傑にすればいいのに。おひろは思った。

だが聞いてみればわからなくもない。「水滸伝」の読本を読んでいたら、白勝なんていう自分の名前、白蔵と似た名前の豪傑が出て来た。で、読み進めてゆくと、

「こいつが案外、俺に似ていてな」

白蔵は言った。

「腕っ節のほうはからっきしだが、目端が利いて、何かと器用で、活躍するんだ」

白蔵の背負っている絵は、梁山泊の頭領の宋江（そうこう）が捕らわれたのを救出するため、蛇遣いに化けて敵の城内に潜入した時のものだ。

そう言われてもう一度彫り物を見ると、威勢のいい豪傑が描かれている。でも、

「蛇なんて、気味が悪い」

うっかり、おひろは本音を漏らした。そら、蛇や虫が好きな女なんて、そうはいまい。

「俺は白木屋の白蛇さんって言われているんだぜ」

白蛇とは忠義者の奉公人に付けられる仇名（あだな）だ。

白蛇の白蔵で彫り物が白勝、おや、また白が並んだよ。よほど白に縁があるんだねえ。ご先祖はもしかしたら源氏の名だたる武将かもしれない。おひろはクスリと笑った。

翌日の昼過ぎ、おひろは主人の使いで千住の本宿へ行った。

遊女の頃は千住大橋を渡ったことはなかったが、おばさんになってからは、ちょくちょく使いを頼まれて本宿へ行く。

「橋渡ると賑やかだからね」

あさは言ったが、なるほど、「こつ」と比べれば確かに賑やかではあるが、吉原や、吉原に来る前には江戸の神田(かんだ)で育ったおひろには、ただの田舎の宿場町でしかなかった。

用を済ませて帰り道、橋の袂(たもと)、「おでん　かんざけ」の看板が出ている茶店の横を通り掛かった時、醤油と砂糖の甘辛い臭いがした。

「おひろさん」

やっぱり。声を掛けて来たのは貫太だった。

「ちょっと話があるんだ」

「どうしたんだい」

「聞きたいことがある」

「だから、なんだい」

貫太は言い出し難そうだった。おなかのことを何か聞きたいのか、それとも。

「ちょっと付き合ってくれないか。団子くらいご馳走するから」

いや、別に団子なんか食べたくはないけれど。貫太のことは気にはなっていた。

あの日、やはり、おなかは白蔵の部屋に行き朝まで出て来なかった。貫太はおなかにふられた。そんな貫太におひろは同情していた。女郎屋でふられた男のことをいちいち気にするおばさんはいない。おひろも女郎の頃は何人もの男をふった。どうしても虫が好かない男もいたし、何人もの男の部屋をまわり、ホントに時間が足りなくなったこともあった。気の毒なのは貫太だけではないのだ。でも、貫太のことが何故か気になった。

多分、醬油と砂糖の甘辛い臭いのせいだ。あの臭いをかぐと貫太が煮しめをこしらえている絵が頭に浮かぶ。他の男も一生懸命稼いだ銭で遊びに来るのだろうが、貫太はとくに働いていている姿が伝わってくるのだ。

いいよ。私の知っていることで、喋ってもいいことなら、なんでも教えてあげるよ。ただし、おひろは伊勢屋の奉公人だ。使いが済んだら真っ直ぐ帰らねばならないのだ。

「手短に頼むよ」

「で、おなかが惚れている白蔵っていうのは、どんな野郎だ」

「おでん　かんざけ」の暖簾をくぐり、醤油樽に腰をおろすとすぐに貫太は聞いて来た。

いやだよ、この人は。白蔵の素性を聞いてどうするんだよ。まさか、刃物でもふりまわそうっていうのかい。

「そんなんじゃねえ。白蔵さんになんかしようなんて了見は持っちゃいねえ」

貫太はおひろの疑念を打ち消すように言った。

「実はちょいとわけがあって。俺ももう二六歳になる。それで……」

煮しめ屋の親方の親戚で、粕壁宿でやはり煮しめ屋をやっている男がいて、その娘が今年一八歳になる。で、貫太に粕壁の煮しめ屋の婿にならないかという話がある。そう、貫太は言葉を選びながら言った。

「いい話じゃないか」

おひろは言った。

婿ということは、ゆくゆくは煮しめ屋の主人になれる。貫太にとってはまたとない出世の話だ。それに相手の娘も、貫太ほどのいい男が婿なら文句はあるまい。きっと大事にしてくれるはずだ。

「今の店よりもだいぶ小さな店で、粕壁てえのは千住よりも田舎で」

田舎だろうと小さかろうと、店の主人なんぞにはそう簡単になれるものではない。

「とっとと婿にお行きよ」

おひろは言った。

「だが、俺はおなかと年季が明けたら夫婦になると約束しちまったんだ」

目を伏せながら貫太はつぶやいた。

なに馬鹿なこと言ってるんだよ。そんなの女郎の手練だよ。いやだよ、この人は。まともに受け取っているのかい。

教えてやりたいけれど、それをおばさんのおひろが言ったら女郎屋稼業が成り立たない。女郎の口から出た言葉は手練であって手練でない。その夜限りの真実なのだ。

「おなかちゃんは可哀相だけれど」

　おひろは言った。

「ここはお前、自分の将来を一番に考えたほうがいいよ」

「それで実は……」

　貫太はおなかに、粕壁の婿入りの話をしたんだそうだ。それがこの間、貫太と白蔵が鉢合わせをした日だった。そしたら、

「いいよ。私は奥州の白蔵さんと一緒になる」

と、おなかは目に涙を溜めて言ったんだそうだ。

　ほほう。おなかにとっても貫太と縁を切るいい機会になったわけだ。それにしても、やるじゃないか。なかなか目に涙は溜まらないものだ。流石、何年も女郎をやっていると、そういう技も身につくものだ。

　その話のあと、おなかは白蔵の部屋に行って、朝まで戻らなかったのだと言う。

「俺への面当てで、ずっと白蔵さんの部屋にいたのはわかっているんだ」

　貫太は言った。

あら、どこまでいい間のつもりだよ、この人は。

おひろは少し呆れた。でも、そんな風に思わせたのは、おなかだ。目の前で女に泣かれれば、それはいい間に思う男の気持ちもわからなくはない。そうでなくても、男なんてえのは、思い込むとのめり込むもんだ。

「だがもし、おなかが白蔵って野郎に少しでもその気があるのなら」

貫太はおひろの目を見ながら言った。

「俺はおなかを白蔵に譲ってもいい。だが……」

譲るも何も、おなかが惚れているのは白蔵なんだけれどね。

えっ？「だが」ってなんだい？

「俺は知りたいんだ。その白蔵って野郎がホントにおなかを幸福にしてくれるのか」

あらら。そうくるか。

純情過ぎるよ。おひろは思った。

でもね、これだけ純粋に惚れられて、おなかちゃんは女郎冥利につきるってもんだよ。よしよし。あんたが粕壁の煮しめ屋に安心して婿に行かれるように、ここは白蔵を褒め千切っておこうじゃないか。

「白蔵さんは確か、白河の白木屋って大きなお店、何を売ってる店かは忘れたが、とにかく大きなお店だよ。そこの一番番頭でね」

白木屋が大きな店か小さな店か、白蔵が何番番頭かなんてえのは知らない。とにかく大きな店の一番番頭と言っておけば、貫太も安心するだろう。

「なんでも店の人からは白蛇さんって呼ばれているらしいよ」

「白蛇さん？」

「忠義者って意味だよ」

「そうかい」

「白蛇さんだから。背中に蛇の彫り物が……」

「蛇の彫り物？」

彫り物という言葉に驚いたのか、貫太の調子が少し変わった。

彫り物はまずかったか。職人じゃない。堅気の商人が彫り物ってえのは不安を抱かせたのか。

「いや、彫り物ったって、小さい蛇だよ。蛇だかミミズだかわかんないようなね」

白蔵の彫り物は背中一面に「水滸伝」の豪傑、白日鼠の白勝……、豪傑ったって百六番目だが、言わなきゃそんな下っ端には見えない立派な絵が描かれている。

だが、蛇使いに化けた白勝の絵で、蛇は確かに小さく描かれている。おひろは嘘は言っていない。

「小さくたって彫り物は彫り物だ」

だが、貫太の反応は違った。

「白蔵さんってえのは我慢が出来る、男の中の男なんだろうよ。安心したぜ」

彫り物一つで「我慢が出来る男」なのか。確かに彫り物は痛いだろうけれどさ。いやだよ。彫り物で「男の中の男」だって。男ってぇのは簡単に他人のことを信じちまうんだ。おかしな生き物だね。

「足を止めさせて悪かったな」

貫太は言うと、

「団子を十本包んでくれ」と店の奥に言った。

団子十本……。そう言えば、団子をご馳走すると言って、すぐに話しはじめて茶の一杯も飲ましてもらっていなかった。

「お姉さんたちの土産（みやげ）にしてくれ」

随分景気がいいんだね。まぁ、煮しめ屋の婿と決まったんだ。少しは余裕が出来たのかもしれない。ありがたく頂戴するが……、貫太さん、詰めが甘いよ。うちの女郎は十二人いるんだ。十本じゃ、二人食べられない。それより、肝心の私の分がないじゃないかね。

二日後の暮れ六つ頃、白蔵がやって来た。

これから奥州へ帰るのだと言う。案の定、おなかは白蔵の部屋から出て来ない。

「おひろさん、おなかさんに他の部屋もまわるように言ってくださいな」

善助が言った。

惚れた男が来ている時は、その男の座敷から動きたくないのが人情だ。それを「行け」というのは野暮だよ。でも、若い衆にしてみれば、他の客だって客だ。女をおだてて、他の座敷に行かせるのが仕事である。

「誰が来てるの？」

間の悪い野暮な男は誰だか聞いてみた。

「金さんです」

「金さんって、金兵衛(きんべえ)かい」

金兵衛は五反野(ごたんの)あたりの豪農の長男らしい。わけあって若隠居させられて家は次男が継ぎ、金兵衛は実家からもらう隠居料で暮らしているいい身分の男だ。

「金さんなら、いいよ」

「よくはありませんよ」

「いいよ」

金兵衛は隠居料をたんまりもらっている癖に、おばさんや若い衆には蕎麦代くらいしか祝儀を包まない。持ってないんなら、祝儀なんて包まなくてもいいんだ。玉代だけで遊べるのが女郎屋だ。だが、持っているのに金払いが悪い客は、おばさんや若い衆に嫌われる。嫌われれば、ちょっとした融通を利かせてもらえなくなる。日頃の祝儀が、こういうところで効くのも女郎屋だ。そんな簡単な理屈が野暮な客にはわからないのだ。

「あとで行くようには言っておくよ」

おひろは善助にはそう言ったが、おなかには何も言うまいと思った。白蔵はまた奥州へ旅立ち、三ヶ月以上は逢えないいんだ。

宿場の朝は早い。

これから前途三千里の奥州路に旅立つ人もいれば、江戸に行く人もいる。女郎買いを楽しみ、家に帰る人もいる。

暗いうちから旅立つ人もいれば、朝飯を食べてから出掛ける人もいれば、にぎり飯をこしらえてもらって道中で食べるという人もいる。

白蔵は大急ぎで朝飯を食らい、旅支度を整えると、夜明けと同時くらいに伊勢屋を出た。おなかは店の戸口まで見送った。

おなかは白蔵の背中に顔を押し付けて別れを惜しんだ。

その仕草が女郎の手練でないことは、おひろでなくてもわかった。

「よせよ、人が見てるじゃねえか」

白蔵が言った。

「今度は二ヶ月。二ヶ月したら江戸に出て来るよ」

「きっとだよ」

「ああ。きっとだ」

白蔵が出て行くと、

「さて、次のお客の飯の支度だ」

おなかはわざと、今のが手練であったかのように、朋輩や若い衆たちに向かって言うと、店の奥にと消えた。

声は涙声だし、目の周りは濡れていて、誰が見てもおなかが白蔵の背中で、本気で泣いていたことがわかった。

馬鹿だよ、あの娘は。おひろは思い、手ぬぐいを渡してやろうと奥に行きかけた。

バタバタバタバタ。

表通りを五、六人の男がもの凄い足音を立てて走り過ぎて行った。

「なんだ、ありゃ？」

善助が言った。

「善さん、ちょっと見て来ておくれなね」

帳場にいたあさが言ったので、善助が飛び出して行った。

おひろもただならぬ表の様子が気になった。

しばらくして、善助が走り戻って来た。

「捕物です」

善助が叫んだ。

「橋の上で。役人が橋の両側から挟み撃ちにして」

「で、捕まったのかい」

「勿論です。あれじゃ、逃げられやしません」

役人は用意周到だったようだ。本宿の橋の袂にある「おでん　かんざけ」の店、二日前におひろが貫太と話をした、あの店にすでに大勢の捕吏が隠れていた。獲物が橋の真ん中に来る時、「こつ」の側から追って来た捕吏が「御用」と声を掛けた。声と同時に「おでん　かんざけ」の店にいた捕吏が橋の本宿側を封鎖、獲物は橋の真ん中に追い詰められた。刃物を抜いて肌脱ぎになって暴れたが、数人の捕吏に囲まれ、あっさり御用となった。

「肌脱ぎになったところまでは威勢がよかったが、いや、蛇使いが暴れている凄い彫り物の男で、でも、すぐに取り押さえられました」

えっ！　蛇使いの彫り物……、
と、そこへ、同心が手先を二人連れて、飛び込んで来た。
「伊勢屋傳右衛門、すぐに番屋に同道いたせ」
同心が怒鳴ったので、主人の傳右衛門があわてて奥から出て来た。

「お役人、何事でございますかな」

「昨夜、この宿に泊まった白蔵をただいま召し捕った。聞きたいことがあるので、同道いたせ」

白蔵さんを召し捕った、間違いじゃないのか。おひろは驚いた。

同時にガチャン、茶碗の割れる音がした。おなかが茶碗を地面に落として、呆然と佇んでいた。


番屋に行った傳右衛門は夕方近くに戻って来た。

「やれやれ酷い目に遭ったぜ」

おひろと、若い衆の善助が奥に来るよう、傳右衛門に言われた。

白蔵は奥州を荒らしている盗賊の一味だったそうだ。江戸で仕事をする、その繋ぎで二年前から江戸と白河を行き来していた。

傳右衛門は大勢の役人から代わる代わる、白蔵が盗賊の一味であると知っていて宿を貸したか、知らずに貸したかを問われた。知らずに貸したに決まっている。知っていて貸していたら、それこそ傳右衛門は打ち首、店の者も島流しになるかもしれない。だが、知らずに貸していても、宿屋としては落ち度になり、それなりの罪には問われる。傳右衛門が奉行所に呼ばれてお叱りを受けるだけで済めばいいが、場合によっては何日間か営業停止になるかもしれない。

「迷惑な話だぜ」

傳右衛門は言った。

「こっちはただ宿を貸して、女を世話しただけなのに」

白蔵は二年越しの客だ。おひろも一朱の祝儀をもらっている。善助や、前のおばさんだったおしかも相応の祝儀をもらっていたろうし、店だって随分儲けたはずなのに、その言い方はないだろうと、おひろは思った。

「白蔵の敵娼はおなかだったね」

あさが言った。

「おひろ、十分注意してくれよ。剃刀で手首でも切られたら困るから」

自殺をされて困るんじゃない。手首を切られて血で部屋を汚されたら困るというような言い方だった。

醬油と砂糖の甘辛い臭いがした。

貫太さん？

ふり返ると、二、三間後を貫太が歩いていた。こんなに離れていても、貫太の臭いがするのか。

また本宿に使いに行った帰り道、貫太と遇った。

「おひろさん、ちょうどいいところで遇った。話がある」

この間は、貫太は橋の袂でおひろを待っていた。今度は偶然見掛けて後を追って来たようだった。

「立ち話もなんだから」

貫太は橋の袂の「おでん　かんざけ」の店におひろを誘った。

醬油樽に腰をおろすと、貫太はすぐにお茶と団子を頼んだ。この間とは随分違う。

「食いたけりゃ、いくつでも頼んでくれ」

貫太は言った。団子なんて、いくつも食えるものではない。

「この間の件では世話になった。ありがとう」

この間の件？　世話になった？　なんのことだい。貫太と話をしたのは白蔵のことだけだ。白蔵の彫り物の話を聞いて、貫太は白蔵が「男の中の男」だと感心して、白蔵にならおなかを譲ってもいい、まぁ、もともとおなかが貫太と言い交わしたのは女郎の手練なのだが、それでも貫太はおなかを諦めることにしたんだ。ということは、白蔵が盗賊の一味で、捕縛されたのを知らないのか。いや、そんなことはない。千住に住んでいて、あれだけの大捕物があったのを知らないわけはなかろう。

そうだよ。白蔵が捕まって、まず、おなかのことを心配するのが筋じゃないのか。

「おなかはどうしている？」

そう聞くのが普通だ。とすると、ホントに捕物のことを知らないのか。

「貫太さん、あのね、白蔵さんは盗賊の一味で……」

「そうよ、あいつは奥州を荒らしている盗賊の一人、白鼠だった」

あら、知っているのかい。

しかも名前まで。あー、いつか手配書で見た「白鼠」か。やはり白繋がりだったのか。

「知っているも何も」

貫太は自慢気に言った。

「白蔵をふん縛ったのはこの俺だからな」

おひろは貫太にお茶をぶっかけた。

貫太は何をするんだという顔をした。

貫太の話を聞いて、おひろは発作的に茶碗をとると、貫太に投げつけていた。

茶碗は貫太に当たらず地面に落ちて割れたが、中身のお茶が貫太の着物に掛かった。

貫太は本宿の宿役人から十手（じって）捕り縄を預かっている尾張屋三右衛門（おわりやさんえもん）の手下だと言った。

尾張屋は本宿で旅籠、つまり女郎屋をやっている、伊勢屋傳右衛門とは同業で、おひろも何度か尾張屋に使いに行ったことがあったからよく知っていた。

旦那の座る座敷の神棚に金ぴかに磨かれた十手が飾ってある。いざ捕物という時に、三右衛門があの十手を手に取るという。

貫太は尾張屋の奉公人ではなく、本業は煮しめ屋の奉公人で、何か事件の情報を仕入れると、尾張屋の手下の幸助（こうすけ）に知らせる。それで事件が解決すると、事件の大きさや貫太の貢献に応じて、一朱から二分（約五万円）くらいの褒美がもらえた。

三年前、最初に手柄を立てた時にもらった一分で、はじめて行った女郎買いが伊勢屋だった。そこで、おなかと知り合った。貫太にとっておなかははじめての女だった。以来、何か手柄を立てて一分以上の褒美をもらえると、貫太は伊勢屋に来ていたのだ。

じゃ、貫太の払う玉代は、煮しめをこしらえて稼いだ銭じゃなかったのかい。

しかも貫太はとくにおなかに惚れていたわけではないと言う。

「女が抱ければ、それでよかった」

貫太は言った。

おなかは無駄口は言わないから、他の女郎よりも楽な女だと言った。

その時におひろはお茶をぶっかけてやりたかった。

男と女、いや、女郎屋の客と女郎なんて所詮、金だけで結ばれた間だ。

それはそうかもしれない。そうかもしれないが、女郎だって、女なんだ。銭さえ払えば誰でもいいわけじゃないんだ。

あの日、つまり白蔵と貫太が一緒に伊勢屋に現われた日、おひろが「白蔵が来た」ことを告げると、おなかは急にそわそわし出した。

「白蔵さんって人がお前の色なのか」

　貫太が聞くと、

「すまないね。白蔵さんは奥州の人で、三ヶ月に一度、江戸に来る行き帰りに寄るだけなんだ」

「そうかい。じゃ、行っといで」

　貫太はおなかを送り出した。

　千住の客は、旅人は奥州から来る者か、江戸から奥州へ旅立つ者だ。珍しくもなんともない。その時はなんとも思わなかった。

　だが、一人で女郎屋の煎餅蒲団にくるまっていたら、心寂しいものが襲って来た。それは普通の感情だ。おなかの色ってえのはどんな野郎だ。俺よりもいい男なのか。それともただの金蔓なのか。急に白蔵の顔が見たくなった。

　若い衆を呼んで、銭をいくらか包み、明日の朝、おなかの色の白蔵がどの野郎か教えてくれと頼んだ。

「あいつです」

　善助に教えられた白蔵は、ずんぐりむっくりで四角い顔でエラの張った、とてもいい間の男ではなかった。貫太は安心した。男と女は顔だけではない。顔だけではないが、少なくとも俺は白蔵に男として負けたわけではない。多分、あいつは金蔓でしかない。何か奥州の珍しい土産でも持って来るのかもしれない。だから、おなかは懸命に相手をするのだ。白蔵を見て、貫太は確信した。

安心すると腹が減ったので、貫太は部屋に戻って飯を食った。腹がいっぱいになって来て、もう一度白蔵の顔を思い出した。

「あんな野郎にヤキモチを妬いていたのか」

そう思うと何故か自分がおかしかった。別に、おなかに惚れていたわけではないのに、おなかに色がいると知ったら、妙にヤキモチを妬き、それがずんぐりむっくりな男で、どうせ金蔓だと思ったら安心したなんて、そんな自分がおかしかった。ずんぐりむっくりで四角い顔でエラが張った……、もう一度、白蔵の顔を思い浮かべた時、誰かに似ていると思った。

帰りに本宿の陣屋に寄った。陣屋の高札に張られた人相書き。白鼠……、白鼠におなかの色がなんとなく似ていた。なんとなく似ていたが、そっくりかと言われればそうでもない。四角い顔の奴はたいていエラが張っている。

だが、どことなく似ている。白鼠に白蔵。白が並ぶのも気になった。

少し調べてみるか。

白蔵は江戸に行くと早朝に発った。江戸のどこに行ったかは知らなかった。でも帰りにも伊勢屋に寄るはずだ。その間に白蔵のことを知る人に話を聞こう。

おなかに根掘り葉掘り聞けば疑われて、白蔵に知らせを送るかもしれない。そこで、伊勢屋の誰かに聞こうと、貫太は橋の袂で待ち伏せていた。

「あんたの話は全部嘘なのかい」

おひろは聞いた。

煮しめ屋で体に臭いが染み付くくらい働いて、やっと貯めた銭で女郎買いに来ているのも嘘。嘘じゃないね。おひろが勝手にそう思っていただけだ。女郎買いに来る銭は捕吏の手先として稼いだ。勿論、悪い奴も捕まえてはいるんだろうが、なんかで魔が差して悪事を働いた人に縄を掛けたこともあるんだろう。それで人生が狂っちまった人もいるに違いない。

おなかだって。白蔵は悪い奴かもしれないが、それに惚れたおなかになんの罪があるのか。

煮しめ屋で働いているのは嘘じゃない。目明しの手下だけでは食えないから。仕方なく煮しめをこしらえている。貫太は言った。

そんな煮しめがうまいわけがない。

「あれも嘘かい？　粕壁の煮しめ屋に婿に行くって話は？」

「そんな話も少し前にあったけれど、断わった」

「断わった？」

なんで断わるんだい？　そんないい話を、断わることはないだろう。

「俺には捕物が向いているんだ」

貫太は言った。

煮しめ屋の主人になるよりも、十手持ちの手下になって、いろんな人の人生を狂わせるほうがいいっていうのかい。

「お前から、白蔵の彫り物の話を聞いて、俺はすぐに尾張屋の旦那に報告した」

貫太は言った。

堅気の商人が彫り物、というのがひっかかった。

「だが、その野郎の彫り物は蛇だってぇじゃないか」

尾張屋は言った。

「白鼠が蛇の彫り物ってえのはおかしくはないか」

確かに。なんで鼠の彫り物じゃないんだ。

彫り物は流行している。商人でも彫り物をしている者はいくらもいる。

「旦那、ちょっとよろしいでしょうか」

　声を掛けたのは幸助だ。

「どうした、幸助」

「へえ。旦那も貫太もあまり本は読まねえようだが」

「本なんか読むほど暇（ひま）じゃねえや」

　尾張屋が笑いながら言った。

「あっしだって暇じゃねえが、本から教えられることはたくさんあるもので」

　と前置きし、幸助が言うのは、「通俗水滸伝」という読み物があって百八人の豪傑が出て来る。その中に白日鼠の白勝っていうのがいて、この男が蛇使いに化けて暴れる場面がある。

「その挿絵を歌川国芳って絵師が描いていまして。もしかしたら、白蔵の彫り物は蛇ではなくて蛇使いじゃないでしょうか」

「白日鼠の白勝？」

「へえ。白い日の鼠と書きます」

「それだ！」

　尾張屋も国芳の描く「水滸伝」の豪傑を彫り物にする連中がいることは知っていた。

「それに違いねえ。幸助、でかした」

「いえいえ、これは貫太の手柄です」

尾張屋は幸助と貫太を連れて陣屋に走った。二日後、千住大橋での捕物となった。

「腕っ節のほうはからっきし」

白蔵は言う通り、一度は肌脱ぎになって刃物をふりまわしたが、刺股で腕を押さえられ、刃物を奪われると、あっけなく取り押さえられた。

尾張屋が貫太を呼んだ。

「お前が縛れ。こいつはお前の手柄だ」

貫太はこの手柄で、正式に尾張屋の手下となったのだという。

「見てくれ」

貫太は小判をおひろに見せた。

「一両なんて褒美をもらったのははじめてだ。お前にもいくらか、分け前をやらねえとな」

ここでおひろは茶碗を投げつけた。

分け前なんかいるものか。

お前のおかげで、おなかは泣きを見るんだ。

「二度と伊勢屋に顔を見せないでおくれ」

そう言うと、おひろは席を立った。

「おい、待て」

貫太が呼び止めた気がした。

「まだ話は終わっちゃいねえ」

知るか。お前の話なんか聞きたくもない。同情した自分も馬鹿だし、白蔵の彫り物のことを喋ったことも悔やまれた。

おしかだったら。おしかがおばさんだったら。貫太に同情なんかしなかっただろう。淡々と仕事をこなした。貫太に何か聞かれても白蔵のことを喋ったりはしなかったはずだ。

白蔵はいつかは捕まったろうが、千住で捕まることはなかった。江戸か奥州かどっかで捕まって、「久しく白蔵さんは来ないね」などと言っているところへ白蔵が盗賊の一味で捕縛されたというのを風の便りに聞くだけだ。それで終わりだった。

目の前で捕まり、そして近いうちに小塚原でお仕置きになって、四角いエラの張った首が晒されさらる。おなかはどう思うだろう。惚れて、もしかしたら所帯を持つことになったかもしれない相手が盗賊で、その首が目と鼻の先に晒される。考えただけでも、おひろは気分が滅入った。どれもこれも、貫太に同情した自分のせいなのだから。

おなかになんと言ったらいいんだ。おなかは貫太が捕吏の手先だったことも、おひろが貫太に彫り物の話をしたことで白蔵が捕まったこともまだ知らない。

その夜、蓮と芋の煮しめがおかずに出た。醬油と砂糖の臭いで、おひろは気分が悪くなった。当分、煮しめは食べたくない。

「ねえ、おひろ姉さん」

おなかに声を掛けられて、おひろは驚いた。まだ、貫太のことは言っていない。どうしよう。

「あのね、おなかちゃん、白蔵さんのことだけれど」

「ねえ、手紙の書き方を教えてくれないかなぁ」

おひろの言葉をさえぎり、おなかが言った。

手紙の書き方って、まさか牢屋敷の白蔵に手紙を出そうというのかい。それはいくらなんでも……。

「前にお姉さんが皆に教えてくれたろう」

そう言えば。おばさんになってすぐの頃だ。それこそ「いろは」の書けない子には「いろは」から。字の書ける子には、ちょっとした女郎の手練で、客が飛んで来るような文面を教えた。

おなかは、少しは字が書けた。どんなことを教えたんだっけ。

「お客が飛んで来るような手紙の書き方をさ」

「それはいいけれど」

白蔵は飛んで来ようにも来られないんだよ。

「白さんのことはもういいんだ」

「一体誰に出すんだい？」

「金ちゃんだよ」

豪農の若隠居で、金は少しは持っているくせに、祝儀をケチる金兵衛だ。

あんなのに手紙を書くのかい。

「あいつ少しは持っているんだろう。なんとか搾(しぼ)り取ってやれないかと思ってね」

おなかは言った。

あんた、白蔵さんのことはもういいのかい。

聞こうと思ったが、やめた。惚れてはいたんだろうけれど、おそらく何も約束なんかしていなかったんだ。約束はしていたのかもしれないけれど、所詮、女郎と客との寝物語。本気じゃないけれど、でも、本気だったら嬉しい。そんな夢をちょっとだけ、おなかは見ていたのかもしれない。

私だって、随分昔だが、そんな夢を見たことはあった。

そして、いま、おなかは女郎の性根に立ち戻って、金離れのよくない客から、金をふんだくろうとしている。

いいね。あんた、そうやってホンモノの女郎になってゆくんだ。

「あいよ。とびきりの口説き文句を教えてあげるよ」


「白蔵は島送りと決まった」

傳右衛門がおひろに言った。

白蔵って……？　そうだ。おなかの客で、盗賊の一味だった男。確か背中に水滸伝の豪傑の彫り物を入れた男だ。なんて言ったか、豪傑の名前は忘れたが、下から三番目くらいの豪傑で、それでも蛇使いに化けた絵は勇ましかった。その絵柄は忘れられず、しっかりと覚えていた。

半年前に千住大橋で御用になった。

あー、煮しめ屋の貫太が御用にしたんだね。あれ以来、おひろは煮しめの醤油と砂糖のうまそうな臭いが苦手になった。

でも白蔵は大盗賊の一味のはずだ。捕まれば獄門晒し首になるはず。それが島送りで済んだのか。まぁ、盗賊でも、彫り物の蛇使いと一緒でごく下っ端だったから、島送りで済んだということなのか。

「おなかに教えるかどうするかは、お前に任せる」

傳右衛門は言ったが、なに、おなかはもう心配いらない。もう何も気にしちゃいないだろう。おなかの今のお気に入りは、本郷の薬屋の若旦那だ。若旦那が来ると、若旦那の部屋から出て来ず、昨日も金兵衛の野郎が怒って大変だった。

あの娘は惚れやすい性質なのかね。

「半年前にお前の客だった白蔵さん」

おひろが言うと、おなかは「誰だっけ？」という顔をした。

「千住大橋で捕まった、白鼠だか白蛇の」

「白さんか」

おなかの目が一瞬遠くを見た。

おひろは白蔵が島送りになったとだけ告げた。

「でもさ、島送りって一生戻っては来られないんだろう」

おなかが言った。

確かに。でもまれに恩赦があって、十年とか二十年で戻って来る者もいるという話も聞く。

「じゃ、死んだと思ったほうがいいね」

おなかは笑って言った。

死んだと思ったほうがいい？　五年くらいで赦免になるのなら待つ気だったのかね。

いいんだ。女ってえのは、自分の都合のいいように臨機応変で生きられるもんなんだ。

惚れた男がいて所帯を持ちたいと思ったこともあった。男にふられて、一生女郎でいようと思った。それこそ最後は夜鷹も覚悟していた。それが今は千住でおばさんをやっている。おひろ自身が自分に都合よく生きているんじゃないか。

また桜の季節がやって来た。

「宿はずれの一本桜がもう八分咲きだね」

「二、三日したら吉原にでも繰り出すか」

「夜桜見て、あとはまた千住に戻って遊ぼうじゃねえか」

職人風の男たちがそんな話をしながら通り過ぎた。

「薄墨さんじゃないか」

橋の袂の「おでん　かんざけ」の店の前で声を掛けられた。

旅装束の若い男だった。

薄墨はおひろの吉原での源氏名だ。

吉原の花魁には源氏名がある。有名なのは高尾太夫とか。対して、四宿の女たちは、おひろとか、おなかとか、普通の名前で呼ばれている。それも本名か源氏名かはわからないが、吉原は日常とは離れた「吉原の世界」の源氏名があるのに対し、四宿の女たちはより日常に近い身近な存在だということか。

おひろを薄墨と呼ぶからは、吉原の時の客だろうか。おひろは若い男に見覚えがなかった。

吉原には干支を一まわり居たんだ。一体何人の客を相手にしたのだろう。一人一人を覚えているわけではない。

「あんた、堅気のおかみさん？　いや違うな、もしかして、どこかの店のおばさんだね」

勘のいい男だね、とおひろは思った。でも一体誰だろう。

「覚えてないのも当たり前か。お前さんには一度きりしか会ってないんだから」

そら、一度しか会ったことのない男をいちいち覚えてはいられまい。

一度？　野暮な男の癖に、お前は私のことを覚えているのかい？

吉原では最初に遊郭に上がることを「初会」という。二度目に行くことを「裏を返す」と言い、三度目から「馴染み」になる。一度上がったら、余程のことがない限り、客は「裏を返す」もので、客が気に入れば「馴染み」になるが、裏を返さない客はしみったれの野暮だとバカにされた。

「私が薄墨さんに会ってすぐ、あんたはどっかに住み替えをしちまって、裏が返せなかったんだ」

そう言って若い男は笑った。

なら、吉原にいたおしまいの頃の、ちょうど三年前の客か。

「三年前に来た、昼遊びの客と言ったら、思い出していただけますか」

三年前の昼遊び……、もしかして、あんたは？


三年前、おひろこと薄墨は吉原の花魁だった。惚れた男がいた。年季が明けたら所帯を持とうと、本気で約束をした。

少なくともおひろは本気で、相手の男のことも信じていた。堅気の男が女郎なんかと所帯を持つわけないじゃないか。そう思ったこともあったけれど、おひろは信じた。

年季明けが近づいたある日、急に男が来なくなった。

そして、ある日、「今日は昼遊びだよ」と商人風の若い男がやって来た。その男だ。

昼遊びの客は、おひろの惚れた男が堅気の娘と所帯を持つので諦めてくれと伝えに来た。

ご丁寧な話だ。何も女郎との約束に、律儀(りちぎ)にいちいち断わりを入れに来ることもあるまいに。惚れた男の長屋の大家さんって人が何事にもきっちりする人らしく、手切れ金に三両も包んで来た。

「俺もあんな使いは最初で最後だよ」

若い男はおひろを「おでん　かんざけ」の店に誘った。

醤油樽に座りながら、男は懐かしそうに言った。

確かこの人は。

狂歌の先生のお弟子で、噺家を名乗って寄席に出ているとか言っていたような気がする。

「俺がお仕えしている宗匠のご贔屓に草加の名主さんがいてね、最近、宗匠もお歳でね、草加まで出て来るのは草臥れるからと、俺が代わりに出掛けて行ったんだが、まさか、薄墨さん、いや、ホントの名前は……」

「おひろだよ」

「おひろさんに遇えるなんてね」

若い男は、酒とおでんを注文した。

「いけるんだろう」

「赤い顔してお店には戻れない」

「それは済まなかった。おい、団子とお茶を、おひろさんに。俺は一本だけ飲ませていただくよ」

あんたの銭だ。好きなだけ飲めばいいさ。

「瀧川鯉弁といいます。ご贔屓のほど」

男は名乗った。

「狂歌の宗匠のお弟子で、噺家もやっているんなら、あんた、もの識りなんだろう」

おひろはもし鯉弁がもの識りなら聞いてみたいことがいくつかあった。

「もの識りってわけではないが」

鯉弁は言った。

「噺家は世情のアラで飯を食い、飯の種だから。世間のことは人より多く見聞きはしているつもりだが」

「よく十両盗めば首が飛ぶって言うだろう」

「言うね」

「大盗賊の一味でも、島流しで済むなんていうことがあるのかい」

「実はね」

鯉弁はもったいつけるような大げさな口調でそう言ってから、

「俺もよくはわからねえ」

わからないのか。

お上の裁きのことは下々にはわからないものなのだと鯉弁は言った。

「なんでも見聞きはしたいが、白洲の砂利の上にだけは座りたくはねえからな」

確かに。おひろも白洲の砂利の上には座りたくなかった。

「十両盗めば首が飛ぶっていうのも俗説で、命と引き替えにするほど、十両が大金という話だ」

間男(まおとこ)の示談金を、昔、大岡越前守(おおおかえちぜんのかみ)という人が十両と決めた。間男は重ねて四つにされても文句が言えなかったくらいだから、人一人の命の値段に相当するという意味じゃないか、と鯉弁は説明した。

実際には、もっと低い金額を盗んで打ち首になった者もいるし、高額の盗みを働いても許された者もいる、という話を聞いたことがあるとも言った。金額でなく、誰からどうやって盗むかで、量刑が決まるのではなかろうかとも言った。

「なるほど。やっぱり、あんた、もの識りなんだね」

おひろは感心した。いいところでもの識りに会った。

酒とおでんと、お茶と団子が運ばれて来た。

「なら、もう一つ聞いてもいいかい」

「なんでも聞いてください」

「お前さん、『水滸伝』は読んだことがあるかい」

「読まいでか」

「いっぱい豪傑が出て来るだろう」

「出て来るよ。百八人出て来る」

「その中で、鼠の仇名の豪傑がいるだろう」

「鼠？　虎や龍はいるが、鼠なんて小さいのはいねえ」

なんだ、知らないのか。

「いや、待て」

鯉弁は少し考えて。

「いた。豪傑というか、百六番目に、白日鼠の白勝ってえのがいたな」

「そう、それだ！」

おひろが声を上げたので、鯉弁も驚いた。

「その白鼠ってえのは、どんな豪傑なんだい？」

「豪傑ってほどの奴じゃないよ」

　鯉弁は言った。

「百八人もいれば、強いのばかりはいない。いろんな奴がいるって話さ」

　そう言うと、鯉弁は扇子で膝をピシャリと叩いて話しはじめた。

　地方の代官が、都の殿様に十万両の賄賂を送ることになった。十万両は民から搾取した金だ。これを梁山泊に入る前の晁蓋ら七星が強奪をする。輸送の役人や人夫にしびれ薬入りの酒を飲ませてしまうのだが、この時に酒売りに化けて活躍するのが白勝だ。

「あら、凄いじゃないの」

「ここまでは目端の利く役に立つ野郎なんだけどね。あとがいけねえ」

「どうしたんだい」

「足がついて白勝は御用となって、役人に拷問されて、首謀者の晁蓋の名前をあっさり白状しちまう。

「あらま」

「いろいろ活躍するんだが、そういう根性のないところで、順番が百六番目ってえのはわかるだろう」

なんとなく、おひろにもわかった気がした。

白蔵は役人に拷問され、仲間の名前や居所を喋っちまったんだね。この半年で、奥州で大きな捕物があったのだろう。白蔵の仲間、黒牛とか赤馬とか、そんな連中が御用となった。それもこれも白蔵が白状したおかげだから、特別のお目こぼしで死罪を免れて島送りになったんじゃなかろうか。

白蔵と白勝がいろんなところで重なり合った。

「最後にもう一つだけ聞いていいかい」

「なんだい」

「島送りになった罪人が戻って来ることはあるのかい」

「どこの島に流されたかによるな」

これは聞いた話だから確かではないが、そう鯉弁は前置きし、佐渡島に送られると金山の水汲み人足にさせられ、過酷な労働で、ご赦免を待たずに死んでしまう。だが、三宅島や八丈島だと、島で自力で食い物を手に入れられれば、ご赦免まで生きのびられる。

「八丈島から島抜けをした奴もいたっけ。確か佐原の喜三郎とかいったな」

まさか白蔵が島抜けはしまい。

それに佐渡に行ったか、八丈島に行ったのか、そんなことはおひろが知るよしもなかった。

「ありがとう。ためになった」

おでんと酒の勘定くらい持ってもいいと思った。四文銭十枚（約千円）置いて、おひろは立ち上がった。

「おいおい、勘弁しとくれよ」

鯉弁は銭をおひろに握らせた。

「お前の店に上がりてえが、今日は帰らなくちゃならねえ。近いうちに来るから、その時に、いい女を頼むぜ」

「じゃお言葉に甘えて」

「お前の店は女の子は何人いるんだ」

「十二人だよ」

「じゃ、団子二十本頼む」

鯉弁は奥に声を掛けた。

「若い衆のぶんもだ。これで足りるかい」

鯉弁は茶店の婆さんに銀貨を渡した。鯉弁の酒とおでんに土産の団子で十分余る金額だ。よほど草加の旦那から祝儀をもらったのか。

団子を十本しか包まなかった貫太のことをふと思い出した。ちょっとおかしかった。

「おやおや、薄墨さんは花より団子ですか？」

団子をもらって嬉しくて笑ったと思われたのか。嫌だよ。

鯉弁は煮しめの臭いも土の臭いもしない。鯉弁は爪を汚して働いたことなんてないのだろう。鯉弁を羨ましくも思ったが、鯉弁は鯉弁なりの苦労もあるのだろう。

「ゆっくりしていってくれ」

声を掛けて鯉弁は出て行った。

あら。

近いうちに来ると言っておきながら、鯉弁はおひろの店の名前すら聞かずに出て行った。

まぁ、いいわ。ここで偶然会ったのも何かの縁。縁があったらまた会えるだろう。なんとなく、おひろは鯉弁にまた会えるような気がした。

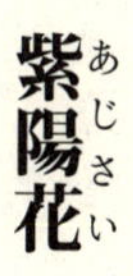

紫陽花（あじさい）

「首吊りのあと片付けなんてえのはやるもんじゃないぜ」

熊野屋の若い衆、三吉爺さんが言った。

若い衆で爺さん。おかしな言い方だが、遊女屋の世界ではおかしくもなんともない。遊女屋では男の奉公人はすべて「若い衆」と呼ばれる。年をとっていても「若い衆」だ。

三吉爺さんはもう還暦を少し越えているが、足腰も達者で、若い衆頭として熊野屋を仕切っている。

その三吉爺さんが最近、伊勢屋の若い衆の善助たちに愚痴をこぼしにやって来るようになった。

伊勢屋の若い衆たちが店の裏の、洗濯物を干す空き地に集まって、煙草を吸ったりしながら。

「昨日のお客はまぬけな奴だったなぁ」

「女の尻の穴に刺身挟んで、それを食ってやがったよ」

「世の中には、おかしなことをやって喜んでいる奴がいるもんだねえ」

などと馬鹿話をしているところへ、三吉爺さんがぬーっと入って来て、ひとしきり首吊りのあと始末の話をすると帰って行く。

「あら、そろそろおしめえかな」

三吉爺さんの後姿を見送りながら善助は言った。

「でも無理もねえか。首吊りのあと始末なんぞやらされたら。愚痴の一つも言いたくなるぜ」

三吉爺さんが善助たちの溜まり場に来るようになったのは一月ほど前からだ。何年か前に誰かが買って来て植えた紫陽花が、また薄紫色の花を咲かせた頃、雨の夜に、熊野屋の遊女、おきみが首を吊って死んだ。

「なんで私が旦那からお小言を言われなきゃならないんだい」

愚痴をこぼしに来るのが、もう一人いた。熊野屋のおばさんのお亀だ。

お亀は四〇を少し過ぎた小柄な女だ。見た目もおばさんだが、遊女屋では遊女以外の女の奉公人を「おばさん」または「遣り手」「遣り手婆」などと言った。若くても「おばさん」と呼ばれたが、たいていは若い女はいない。まれにいるのが、遊女を引退して「おばさん」になる場合で、二五、六でおばさんになる場合もあった。平均寿命が五〇歳くらいの時代だから、二五、六でも「おばさん」なのかもしれないが、その年齢で「おばさん」だと、「変な女に相手をしてもらうくらいなら、俺はおばさんのほうがいい」などと言い出す客がいたりするから、案外気を遣うものだ。だから、おばさんは未婚でも、髷（まげ）を結い直して、眉を剃り、既婚のなりをした。それが決め式だった。

お亀の愚痴の相手は伊勢屋のおひろで、おひろは遊女上がりの、今年三三になる「おばさん」だった。

昔、松尾芭蕉（まつおばしょう）とかいう人が、奥州三千里の旅に出る時に、千住大橋の袂までは舟で来たという。

千住の宿は千住大橋を挟んで、北側が本宿、南側の二町が、安価で、職人や小商人が遊べるような遊女屋が建ち並んでいる。

奥州街道最初の宿だから、昼頃に江戸を発ち、千住に泊まってから旅立つ者や、奥州の垢を落としてから江戸に入る者も多くいた。

また吉原の遊びに飽きた者や、吉原よりも安価で遊びたい男たちは、「こつ」と呼ばれる橋の南側に通っていた。伊勢屋は「こつ」ではかなり大きな旅籠で、十数人の飯盛り女を抱えていた。


お亀も、三吉爺さんが来るようになってしばらくして、伊勢屋の若い衆の溜まり場に三日に一度くらい来るようになっていた。

「おひろさん、いるかい」

そう言ってお亀は、饅頭（まんじゅう）をいくつか経木（きょうぎ）に包んでやって来る。自分のぶんとおひろのぶん、二つだけ残して、あとは「皆で食べて」と若い衆に渡す。若い衆のなかには甘党もいるから、そうなると饅頭の効果は絶大である。

「おひろさん、お亀さんが来ているよ」

若い衆に声を掛けられると、少しくらい忙しくても出て行かないわけにはいかなくなる。

若い衆にしてみれば、お亀が来れば饅頭が食えるのだから、お亀にはちょくちょく来て欲しい。おひろがお亀に嫌な顔をしてお亀が来なくなったら、おひろは若い衆に恨まれる。

たかが饅頭一つで、何をそんなにと思われるかもしれないが、それは現代の感覚だ。甘いものなんて、そんなにない時代だ。職人ならともかく、遊女屋で働く者たちに、おやつの時間なんてない。お茶を飲んで、芋のしっぽでもかじられたら、いいほうだ。饅頭が食いたければ自分の銭で買えばいいじゃないか。だが甘いものが貴重な時代の饅頭は高価だった。

だから、おひろも若い衆の手前、呼ばれれば出て行って、小半刻（約三十分間）、お亀の愚痴を聞いていた。

どこの店もおばさんが忙しい時間はたいてい決まっている。お亀が油を売りに伊勢屋に来られるような時間は、たいていおひろも暇なのである。

お亀はおきみの首吊り事件の話から、それで自分が遊女たちの監督不行き届きで主人に責められた件をひとしきり愚痴り、

「あんたも気をつけなよ」

と言い残して帰って行く。

「で、一体、おきみはなんだって首なんか括ったんだい？」

話の途中で、おひろが聞いたら、お亀は黙った。

お亀の話は若干前振りが違うくらいでだいたい同じだ。三回も同じ話が続いたら、流石（さすが）におひろは飽きてきた。

五回目の時に、話の核心に触れてみた。

人一人が死んだんだ。その話を散々聞かされてるんだ。それがどんな理由なのか、知りたいと思うのが人情だろう。

だが、お亀はそのことには答えなかった。

おいおい、それはないだろう。

「あんたも気をつけなよ」と言うんだったら、おきみがなんで死んだのかを教えてくれよ。その上でこういうことに気をつけたほうがいいというのが、正しい教授になる。もっともお亀はおひろになんか教えようというのではない。遊女が勝手に死んだことで主人に小言を言われた。その愚痴を同じ立場のおひろに言いたいだけで、買ったのかもらったのか知らないが、わざわざ饅頭を持って訪ねて来ているのだ。

おきみは勝手に死んだのか。違うだろう。

死ぬには理由があったはずだ。

おひろは一二歳の時に吉原に売られた。それから干支を一まわりとちょっと吉原で遊女として過ごした。吉原の年季が明けた時、堅気の客と所帯を持つ話もあったが、結局その話は実らずに千住に移り住んだ。そして、また三年、遊女を勤めた。千住では客あしらいのうまさから板頭を張った。板頭とは、帳場に下がった遊女の名前の書かれた木札が、一番左側に下げられることをいう。つまり、遊女の中でも一番の格上、今で言うナンバーワンということだ。

二九の歳にそれまでおばさんだったおしかが店を辞め、伊勢屋の主人から「おばさんにならないか」と声を掛けられた。一年前から板頭の座を若い遊女に譲った。そろそろ遊女も潮時か、この先どうしようか、と思っていた時の話だった。

おひろは十五年遊女をやっていて、その間、いろいろな女たちを見ていた。

遊女なんて仕事を好きでやっている女はまずいない。金のために親に売られたか、男に騙されて売られた女もいる。皆、なんらかの負を背負って生きている。自分の運命を受け入れて、遊女として生きてゆく女が大半だ。おひろは子供だったから、案外早く自分の運命を受け入れた。なかなか受け入れられない女もいた。でも半年もすると結局は運命を受け入れてゆく。受け入れざるを得ないことに気がつくだけかもしれない。

男に騙された女は少し厄介だ。

「必ず迎えに来るから。待っていてくれよ」

男の言葉を信じる。信じてひたすら耐える。

騙されたと気付いて、運命を受け入れる女もいる。だが、騙されたと気付いても、騙されてはいない。いつかは男が迎えに来ると信じて待つ女もいる。

騙されたわけではない女もいる。男は金が出来たら女を迎えに行くつもりで、女を売った。すぐに金を作るつもりだったが、女房だか恋人を売るくらいの男だから、そう簡単に金なんか出来ない。一生懸命働いたって、金なんか貯まらない。二年三年経って、男も働くのが辛くなってくる。女を迎えに行くのを諦めて別の人生を歩む、そんな男もいたりする。

女も待つのに疲れてしまい、逆に男に「もう私のことは諦めて、あなたの人生を歩んでください」という手紙を書く女もいた。

そんな手紙をもらって、男はどう思ったろう。自分の不甲斐なさに悔し涙を流したか、しめしめと思ったか、そんなのはわからない。

いろんな女たちがいた。

金持ちに身請けされた女もいたし、年季を勤め上げて、通って来ていた客と所帯を持った女もいた。だからと言って、幸福かどうかはわからない。

そんな女たちだ。いつ死んでもおかしくないんだよ。

皆、負を抱えているんだ。

何かに嫌気がさした時、人は案外簡単に死を選ぶものなのかもしれない。

ましてや遊女だ。家族に売られた。その時はいくばくかの金が出来たから感謝もされるが、あとはもう家族とは縁が切れる。惚(ほ)れて通って来る客もいるが、所詮は金を媒介としただけの関係だ。自分が死んでも誰も悲しむ人なんていない、そう思った時の心に穴が開いたような気分は、実はおひろも何度も味わって来たんだ。

「あんたも気をつけなよ」

お亀はいつもそう言う。

あたしは気をつけているよ。

気をつけていなかったのは、あんただろう。

だから、おきみは死んだ。

死ぬかもしれない。死のうと思う。そんなおきみの気持ちを見落としたのはお亀だ。

熊野屋の主人はそのことで小言を言っているんじゃないのか。何も理不尽に小言を言われているわけじゃないんだよ。

お亀に遊女の気持ちなんてわからないのかもしれない。お亀は熊野屋の遠縁で、亭主が死んで行き場がなくなり、おばさんになった。堅気の女がおばさんになった。遊女がどんな気持ちで男に抱かれているかなんて、わかりはしないんだ。

おきみが死んだのは理由があったはず。それに気付きもしなかったのは、仕方がなかったのかもしれない。だが、あとからでもその理由を知ろうともしないのは、どういうことなんだろう。原因を知れば、次に似たような女がいたら気付いてあげることが出来るかもしれない。そうすれば可哀相な女の命を救えるかもしれない。それが「気をつける」ということなんじゃないのか。だが、お亀はただ、主人に小言を言われたことを理不尽に感じて愚痴るだけだ。

あんたがもし気付いてあげられたら、もしかしたら、おきみは死なずに済んだのかもしれない。そう思うと、おひろは腹が立った。でも腹が立ったからって、それをいちいち顔に出したりしたら、何を言われるかわからない。

「伊勢屋の遣り手は所詮女郎上がりだ」

お亀は別の店に言って、今度はおひろの愚痴をこぼすんだ。

嫌だ嫌だ、そう思いながらも、おひろは今日もお亀の話に付き合った。

三、四日雨が続いた。
おかげで、お亀も三吉爺さんも伊勢屋に来なかった。

このままずっと来なければいい、おひろは思った。

「ほころびものがあったら出しておきなよ。縫っといてあげるからさ」

おひろは若い衆にそう声を掛けた。

お亀が来ないから、少しだけ時間が出来たので、繕い物をはじめた。

「そんな、おひろさんに繕い物なんて」

若い衆の佐七が言った。

店に来て二ヶ月目、まだ一八、九だろう。右も左もわからない。

佐七は他の若い衆たちから、おひろがかつて板頭を張った遊女だと聞いていた。板頭を張った遊女と言えば、店では主人の次に偉い立場で、新米の若い衆とでは雲泥の差がある。そのおひろに繕い物なんかはさせられないという思いが佐七にはある。

「何を言ってるんだよ。今はもう、私はおばさん、あんたたちの仲間だよ」

おひろは笑った。

実際に遊女の頃は、針なんか持ったことはなかった。おばさんになってから、習い覚えた。遊女の中には、娘時代に売られた子もいれば、男に騙されたり、商売が傾いて大人になってから売られた女もいた。おはまという、おひろと同年代の遊女が元は堅気の女房で針が持てた。おひろはおはまに針を習った。

「佐七、繕ってもらいなよ」

古株の若い衆の善助が言った。

「俺も、ほら」

善助は佐七にぎこちない縫い目の袖を見せた。

善助はこの程度の腕だから、そんなに遠慮することはない、と佐七に目で知らせた。

「まったく、嫌な人だね」

おひろはほんの少し中っ腹（ちゅうぱら）になった。

「時におひろさん」

善助が言った。

「熊野屋のおきみの話、ちょいと小耳に挟んだんだが」

「なんだい？」

「それ、熊野屋のおきみがなんだって首なんか括ったか。そのわけだよ」

「へー、なんでだい」

そう言うと、善助は手を出した。

教えてあげるから、煙草銭をくれという仕草だが、おひろがその手をポンとはたくと、

「おひろさんだから、特別に只で教えてあげますよ」

と言って、善助はヤニで汚れた歯を見せて、ニヤリと笑った。

吉原でも千住でも九つ（午前零時頃）を「中引け」と言って、遊女屋は店仕舞いをする。表は仕舞っても、店の中では遊女はまさに営業中なわけで、若い衆は行燈の油を替えると称して、遊女と客の間で何か間違いが発生しないか、時々、部屋をまわって歩くのが仕事である。

とは言え、四六時中ぐるぐる歩いているわけでもなく、半刻に一回くらいまわ

ればよい。

　今日の泊まり番の善助と佐七がおひろの部屋にやって来たのは、八つ（午前二時頃）を少し過ぎた頃だ。

「待ってたよ」

　おひろは徳利を二本と佃煮の小皿を用意していた。

「流石はおひろさんだ」

　善助が言った。

「私だって、只で話を聞こうとは思わないさ」

　おひろが笑いながら言った。

　善助も笑った。酒は別におひろの懐を痛めちゃいない。どっかの客の勘定書きに酒二本余分に書き加えたのだろう。

　遊女屋とは実に油断のならぬ場所である。遊女よりもしたたかなのが、おばさんや若い衆かもしれない。もっとも、おばさんや若い衆も祝儀をくれるような客には、間違っても勘定書きに余分に書き加えるなんていう真似はしない。おばさんも若い衆もそうした仁義は心得た者たちなのだ。

「勝手にやらせてもらいますよ」

善助は酒を湯呑みに注いで一口飲んだ。

「おい」

佐七にも飲めとすすめた。

「い、いただきます」

佐七も一口飲んだ。


「おきみには兄貴が一人いましてね」

もう一口飲んでから、善助が話しはじめた。

おきみの両親は早くに亡くなったが、親切な大家さんの世話で、兄の弥三郎(やさぶろう)は京橋の両替屋に丁稚(でっち)奉公、おきみは日本橋の袋物問屋に女中奉公した。
四、五年が過ぎ、弥三郎は真面目に働き、手代となった。将来を嘱望され、ゆくゆくは番頭になって店を支えてくれるだろうと主人からも信頼を得ていた。
魔が差すというヤツだ。よくある話と言っちゃそれまでだ。悪い友達に誘われた弥三郎が博打に手を出し、店の金二十両を使い込んだ。

店は金さえ返せば穏便に済まそうと言う。弥三郎を庇(かば)って言っているのではない。奉公人から縄付きを出したら店の信用に関わる。それだけのことだ。勿論、弥三郎に二十両なんて大金は作れない。そうなると、金を払わなきゃならないのは、親切心から奉公口を世話した大家さんになる。

親も親戚もいない弥三郎とおきみの保証人になってくれたのも大家さんだ。どうするよ。世話になった大家さんに二十両なんて大金、払わせるわけにはいかないだろう。

「やっちまったものは仕方ねえ。働いて少しずつでも返してくれればいいよ」

大家さんはそう言ったそうだ。

そら、弥三郎がお店にいれば、近いうち番頭になって、そこそこの仕事をすれば二十両くらいの金はすぐに返せなくもなかろう。だが、店も使い込みをするような奴を置いてはおけない。奉行所に突き出すのは勘弁してやるが、店はお払い箱。そうなりゃ、金なんていつ返せるかわかりゃしない。

「おきみ、すまねえ。お前の体で二十両の金をこしらえてくれるわけにはいかねえか。大恩ある大家さんに迷惑は掛けられねえ」

弥三郎は妹の前に土下座をして頼んだそうだ。

おきみも大家さんに迷惑は掛けられない。馬鹿な兄貴の尻拭いと諦めて、遊女になるのも仕方がない。仕方がないと理屈ではわかっていたんだが……。

へへへへ。

ここまで話して、善助は笑った。

「酒が切れちまった。もう一本だけいただくわけにはいかねえか」

「なんだよ、おかしな切れ場を作りなさんな」

おひろは言った。

「ちょっとお待ちよ」

おひろは部屋を出ると、徳利を二本持って戻ってきた。

善助がおひろから徳利を奪い、ふってみて、怪訝な顔をした。

「やっぱり」

善助は落胆の表情を見せた。

「なんです？」

佐七が聞いた。

「客の飲み残しだよ」

善助が吐き捨てるように言った。

「あははは」

　佐七が珍しく声に出して笑った。

「徳利の底に残っていた酒だから。別に毒じゃないよ」

「毒じゃねえけどよ」

「ささ、それで喉を湿したら、とっとと続きをお話しよ。もう切れ場はなしだよ」

　この先、切れ場を作っても、もう何も出ない、とおひろは釘を刺した。駆け引きでは、場数を踏んだ若い衆でも遊女上がりのおばさんには敵うものではない。

　善助は語りはじめた。

「おきみには、所帯を持つ約束をしていた男がいたのよ」

　おきみの店に出入りの大工で、伊助といった。伊助は一年前に年季明けして、今は親方のところで礼奉公をしていた。それが終わったら所帯を持とう。そんな約束をしていたそうだ。所帯のために、おきみは小遣いを貯めていて、二両とちょっとあったそうだが、それも兄のために使った。そんなもんじゃ追いつかない。もう、おきみが身を売る以外、おきみにも弥三郎にも道はなかった。

「二年で迎えに行く」

弥三郎は言った。

「もしその時に、伊助さんが待っていてくれたら、その時に所帯を持てばいいじゃないか。なに、二年なんてすぐだぜ」

伊助が待っているわけないじゃないか、おきみは思った。遊女屋に勤めに出た女を女房にする堅気の男なんていやしないよ。それに弥三郎に二年で金なんか作れないことも。おきみにはわかっていた。

伊助とはおそらく今生（こんじょう）の別れになる。

会えば未練になるから。

おきみは伊助に会わずに、姿を消した。

伊助には弥三郎から説明をしてくれと頼んだ。

そして、おきみが千住の熊野屋に来たのが二年前だ。

数日後に、弥三郎から手紙が来た。

手紙には伊助に事情を話したら、伊助はわかってくれた。礼奉公が終わったら、伊助も一緒に金を作ると言ってくれた。二年と言ったが、伊助が一緒に頑張ってくれたら、案外早く金は出来るかもしれないから安心しろ。二人で迎えに行って、そのあとは伊助との祝言だ、そんなようなことが書かれていたそうだ。

おきみがその手紙を信じたのかどうかはわからない。

信じてはいないだろう。だが、信じないと生きてはいかれなかった。

弥三郎からの手紙は時々来たが、伊助からの手紙は来なかった。

そして、二年が過ぎた。

弥三郎も伊助も迎えには来なかった。

弥三郎からは二月に一度手紙は来る。弥三郎は知り合いの伝(つて)で麻布(あざぶ)の味噌屋に手代として勤めたが、手紙の中身はいつも手代の給金ではなかなか金は貯まらない、でも一生懸命働いているとしか書いていない。伊助のことを聞くと、元気に暮らしているとしか書かれていない。

その日は朝から雨だった。

夕方過ぎ、職人の一行が八人ほど熊野屋に上がった。どこかの普請が終わって、棟梁が職人たちをねぎらって熊野屋に上がったのだ。

その一行の中に、伊助がいた。

その日の明け方、おきみが首を括って死んだのだ。

「二人がどんな話をしたのかなんて知りませんよ」

そう言って、善助は嘆息を漏らした。

弥三郎は伊助に、おきみが遊女になったことを話していなかったのか。遊女になったことは話したが、そこが千住の熊野屋だってことを伊助は知らなかったのか。

おそらく弥三郎はおきみが女中奉公にでも行った、みたいな話はしたのかもしれない。その女が千住で遊女をやっていた。

「なんでお前がここにいるんだ」

伊助に言われて。

おきみは事情を話そうとしたが、伊助が聞く耳を持たなかった。

伊助にしてみれば、なにがなんだかわからない。惚れた女……、少なくともかつて惚れていた女が遊女をやっていたのだ。

驚き、怒り、泣いたかもしれない。

おきみにしてみたら。伊助が迎えに来ることを信じて日々を暮らしていた。信じていなくても、信じたいと思っていた。

伊助が現われた。だが、伊助は迎えに来たんじゃない。客として来た。棟梁の供とは言え、まぎれもない客として来たのだ。驚愕(きょうがく)、落胆、そして、自分の姿を惚れた男の前に晒した羞恥(しゅうち)……。

わずかな希望が水泡に帰した。

もし、伊勢屋におきみのような女がいたら、自分は何をしてやれるだろうか。

おひろは思った。

なるべく普段から、女たちと話をしよう。彼女たちの抱えている闇が、おばさんと話をすることで少しでも解決されるなら。それが、おばさんの役目なんじゃないかと。


翌日は晴れ、久々にお亀がやって来た。

「まったくさ、男ってえのは馬鹿な生き物だよ」

お亀は大声で言った。

「この暑い中、銭払って、汗をかきに来るんだからね」

その意見に異を唱える気もないが、遊女屋で大きな声で言うことではない。私たちは馬鹿な男たちがいるから飯にありつけるのである。

男が全部利口なら、まず最初になくなる商売が遊女屋で、次が酒屋だ。

一月ほど経ったある日、珍しい客が来た。

江戸の大工の若棟梁で熊五郎。まだ、おひろが遊女だった頃、五反野あたりの豪農の屋敷で普請があって、その帰り、職人を大勢引き連れてやって来た。何日も泊まり込んでの仕事だったから、その慰労で職人たちを派手に遊ばせてやりたい。熊五郎は言った。番頭格の男が気を利かせて、当時、板頭を張っていたおひろを熊五郎につけた。だが、その日は熊五郎一行のほかにも客がたてこんでいた。熊五郎のところには最初に挨拶に行って、あとは他の部屋をまわったのだ。

「まわる」とは遊女が一晩に何人もの客をとること。遊女屋の用語で「廻し」という。千住は旅籠なので普通の部屋だが、吉原だと花魁の部屋の他に廻し部屋という三畳程度の部屋があり、客はそこで女を待つのである。女が来ればいいが、まれに客が立て込んでいると遊女が来ないこともある。それを「ふられた」と言い、金を払っても同衾できないことなどは遊女遊びではまれにあるのだ。

「女郎が廻しをとるのに、いちいち腹を立てるような野暮な男じゃない」と熊五郎は言って、決して怒ることもなかった。吉原だと高額の玉代を支払い、花魁の部屋に泊まる客の中には「廻しをとる」ことに腹を立てる客もいる。そういう客を、遊女や若い衆やおばさんは「野暮」と陰で笑った。

熊五郎はホントに粋なのか、野暮と言われたくないからそんなことを言うのか。

これはあとになって、熊五郎の雇っている職人に聞いた話だが、熊五郎には恋女房がいて、遊女屋に来るのは職人たちへの慰労で、決して自分が遊女と同衾したいわけではない、いや、むしろ恋女房を気遣い、なるべくなら何もしないで帰りたいという思いもあるそうだ。

人はさまざまだ。女郎屋に来て、何もしないで帰ることを望む男もいる。

その後も熊五郎は、五反野界隈の豪農に呼ばれ、大小いろんな普請を手掛けているらしい。その度に、若い職人たちを連れて、伊勢屋の客となった。職人の慰労だから、飲み食いも派手で、伊勢屋にとって熊五郎一行はいい客だった。

「若棟梁がおひろさんをお気に入りでね」

熊五郎一行の番頭役、一番の年長の重太が言った。

「あら、そうかい」

おひろは挨拶するだけで、一度も熊五郎と同衾しなかった。

そのうちにおひろは遊女を辞めておばさんになった。

それでも、熊五郎はやって来た。おひろが座敷に出るわけにはいかないが、お引けのあと、一度だけ挨拶に行くようにはしていた。

「忙しいのに、すまねえ」

熊五郎はおひろに一朱か二朱（約六千円〜一万三千円）の祝儀を渡した。おひろとしては祝儀が欲しいわけではなく、熊五郎一行が伊勢屋に来てくれることが売り上げに繋がる。何もおひろがいるから来るわけでもあるまいが、愛想の一つも見せて若棟梁の機嫌がよくなるなら、それに越したことはなかった。

若棟梁から一朱か二朱の祝儀をもらっていることは早々に善助に感づかれていて、仕方がないから次の日、おひろは若い衆たちに蕎麦を奢った。だから、善助たち若い衆も熊五郎一行が来ると、世話に努めた。遊女たちに、熊五郎棟梁のところの若い職人を粗末にするなと言った。遊女屋に来るのを楽しみにしているのは若い職人たちだから、彼らが「伊勢屋はつまらない」と棟梁に言ったら、次から来なくなるかもしれないのだ。

そうして、おひろがおばさんになって四年になるが、熊五郎たちはたまに来てくれていた。

その熊五郎がその日は、夕方近くに独りでふらりとやって来た。

「えっ、若棟梁がお一人とはお珍しい。どなたかとお待ち合わせで」

善助が聞いた。

「いや、今日は遊びじゃねえんだ」

「と申しますと」

「おひろさんに折り入って話があってな」

えっ、まさか。

善助の頭をよぎったのは。熊五郎がおひろを気に入って。おひろを身請けして、どっかに妾（めかけ）として囲おうとでも言うんじゃないか。おいおい、おばさんの身請けなんて、聞いたことがないぞ。こら、吉原、四宿はじまって以来の珍事だ。ことの顚末（てんまつ）を聞いて、かわら版に売り込もうか。

「ちょっとお待ちください。いま、おひろを呼んで参りますんで」

善助が奥に入ると、ちょうど、おひろとぶつかったので、

「おひろさん、あんたを身請けしたいって、茅場町の若棟梁が来ているぜ」

「何を馬鹿なことを言ってるんだい。おばさんの身請けなんて、聞いたことがな

いよ」

　おひろは笑いながら言った。

　聞いたことがないから珍事なんじゃないか、と善助は思ったが、別に熊五郎はおひろを身請けするなんて一言も言ってはいない。

　言われてみりゃ、そうだよなぁ。いくら、おひろがいい女だからって、おばさんを身請けする話なんてありえない。善助は自分の突飛な思い込みが、なんかおかしかった。

　でも一体、堅気の職人が遊女屋のおばさんになんの話があると言うんだ。

　熊五郎がおひろに折り入って話があると言うので、おひろは女将のあさに言って部屋を用意してもらった。熊五郎は「話をしたらすぐに帰らなきゃならないから、部屋はいらない」と言ったが、日頃贔屓（ひいき）の若棟梁だ。

「出来ることなら聞いておやりよ」

　あさはおひろに言った。

「お前で手に負えないことなら、私でも旦那でもいくらでも力になるからね」

　職人大勢で散財を目的に来てくれる。伊勢屋にはありがたい客なのだ。

「で、若棟梁、折り入って話って、なんでござんしょう」

　おひろが聞いた。

「うん……」

　熊五郎は茶を一口飲んで口を湿してから言った。

「女を一人身請けしてえんだ」

　あらま。おひろではない。すると誰だ。若棟梁にはいま、誰をつけていたっけか。確かお八重(やえ)だったと思う。お八重を身請けして妾に囲うのか。

　あれから四年近く経っている。恋女房にも飽きが来たのか。でも、何もそんなら、いちいちおひろに相談しなくても、銭を持ってきて、あさに言えばいいだけだろう。それともいくらか値引きの交渉でもしようっていうのか。それも、おひろでは窓口が違う。おひろが口添えをして安くなるものではない。結局、身請けの金額を決めるのは、店の主人だ。

「身請けなら、直接女将さんに」

「いやいや、それがね、この店の女じゃねえんだ」

　ますますわからない。この店の女じゃない？　どの店の女だ？　その店に行って話をすればいいだけじゃないか。

「いや、俺はこういうことに不慣れで、それこそこういうことに慣れている町内の頭にでも頼めばいいんだろうが……」

そうだよ。そうそう。それなりの商家の旦那や、職人の棟梁が遊女を身請けしようってぇ時は、町内の頭、鳶の頭が間に入る。漢稼業の鳶の者には、遊女屋の主人も一目置いているから、あんまり高い金額をふっかけたりは出来ない。頭の顔を立てていくらか安い値段で話がまとまる。そのぶん旦那は日頃から鳶の頭には半纏の一枚もこしらえたりしているのだ。

「そうだよ、若棟梁、何もあんたが来なくても、そんなことは鳶の頭に……」

「いや、これは内密に、人知れずやらなくちゃいけねえんだ」

なんだい、もしかしたら、女房に内緒で遊女を身請けして、どっかに囲おうというのか。よしなよ。そんなのいくら内緒にしたってバレるんだから。女房承知で妾を囲うならともかく、そんなのちのちの揉め事に付き合うのはごめんだよ。

「俺が身請けをしてどうのというんじゃないんだ。その……」

今度は身請けをするのは自分ではないと言い出した。他人の身請けを別の店のおばさんに話しに来るって、何？

「若棟梁、あんたの話は滅茶苦茶で、何がなんだか、わかんないよ」

「そうだろうなぁ。俺もよくわかんねえ」

「なんだよ、それは」

「順を追って話さなけりゃなるめえ」

「なんだい、順に話してないのか。それじゃわからないよ」

「ちょっと長くなるが」

「長くなろうと構わないから。早くお言い」

あさからは、とにかく若棟梁の力になってやれと言われている。店はぼちぼち客が来はじめて忙しくなってくるが、熊五郎の話が先だ。善さん、あとは任せた。

「さぁ、若棟梁、順を追って話しておくれ」

おひろはワッと泣いた。

「なんで、なんで。なんでもっと早く来てくれなかった」

いや、早く来ても無駄だった。だって、熊野屋のおきみはその日の朝に縊（くび）れたんだ。

泣いたってしょうがない。そんなことはわかっている。わかっていても、涙が止まらず、どうしようもなかった。

熊五郎が早く来なかったのが悪いんじゃない。おきみが縊れたのが悪いんだ。今はおひろは自分の怒りを、ただ使いに来た熊五郎以外にぶつける相手はいなかった。

熊五郎の話はざっとこうだ。

昨日のことだ。熊五郎は大工の修業仲間だった本所(ほんじょ)の源兵衛(げんべえ)に呼ばれた。源兵衛は熊五郎よりも年上で、熊五郎は大工の「いろは」を源兵衛に教わった。二、三年して源兵衛は独立し、今は本所に居を構えて、職人の七、八人も使って羽振りよくやっていた。

「お前、千住あたりでよく遊んでるって言うじゃねえか」

源兵衛はいきなり言った。

「源兄ィ、何を言うんだ。おいらは遊びには不慣れだ。何かの間違いだ」

熊五郎は言った。

「いやいや、噂は聞いているぜ。たいそうな散財をするってえじゃないか」

噂なんてえのは、勝手に一人歩きをする。

熊五郎は五反野あたりの豪農の客がいて、普請やら家屋の修理を頼まれる。若い職人を連れて数日間泊まり込んで仕事をするから、最後の日は慰労の意味で「こつ」に繰り出すのだ。値段を気にして本宿の旅籠で遊ぶより、「こつ」で好きなものを食って飲んで楽しんだほうがいいと、最初に繰り出した店が伊勢屋だった。

大きな普請には、熊五郎の身内の職人だけでなく、助っ人の職人も何人か加わることもある。「好きなだけ飲んで食って女を抱いて」、よほど楽しかったのだろう。「熊五郎棟梁のところは最後の夜は、千住の宿場で大散財」とか、他の棟梁のところで話をするのだろう。

そう言うと、「うちはそんなに大きな仕事はしていない」と相手にしない棟梁もいるが、中には「熊五郎なんぞに負けてはいられるか。よし、うちは品川に繰り出すぞ」なんていう負けず嫌いの棟梁がいて、またおいしい思いが出来たりするから、そういう連中の話は大きくなる。

「そう言えば、先代の棟梁にはよく連れて行ってもらったなぁ」

源兵衛は懐かしそうに言った。

源兵衛と熊五郎は同じ棟梁のもとで修業し、熊五郎は先代棟梁の娘の婿になり、棟梁の跡目となった。熊五郎と娘のおようは相思相愛に加え、熊五郎の腕がよかったため、熊五郎が跡目を継ぐことには誰も異を唱えなかった。しかし、いろいろと陰口は言われるので、職人たちにはいつも気を遣っていた。

「思い出話をしに呼んだんじゃねえ。話というのは」

二月前だ。源兵衛が綾瀬(あやせ)の豪農の普請を請け負い、その帰りに職人たちを連れて千住の熊野屋って店に上がった。翌日も別の仕事があったので、職人たちは可哀相だが、明け六つに熊野屋を出て江戸に戻った。

「その日からなんだ。うちの職人に伊助って野郎がいてな」

伊助は日本橋の棟梁のもとで修業して、年季が明けて、源兵衛のところに雇われた職人だった。その伊助が仕事に来たり、来なかったり。

「いま、あんた、伊助って言わなかったかい」

おひろが前に乗り出して言った。

「伊助ってえ名に心当たりがあるのか」

熊五郎が言った。

二月前、伊助は棟梁の一行の一人として、千住の熊野屋に上がり、そこで、昔言い交わした女、おきみと遇った。

おきみは二年前のある日、突然、伊助の前から姿を消した。おきみだけでなく、兄の弥三郎もいなくなった。おきみが女中奉公をしていた店の者は口を揃えて「知らない」と言った。番頭の米造は「早く忘れろ」とだけ言った。

忘れられるものじゃない。探した。だが、おきみと関わっていた者たちの口は意外と堅かった。ようやく、弥三郎が麻布の味噌屋で手代をやっていることを聞いて出掛けて行ったが、弥三郎は伊助の顔を見るなり逃げた。麻布の急な坂道を凄い速さで駆け上って逃げた。伊助は追いつけなかった。

味噌屋の者に根掘り葉掘り聞いて、弥三郎に姿を消されては困る。何も手掛かりがなくなる。「話せる時がきたら、話して欲しい」と手紙を託し、伊助は帰った。

弥三郎とおきみの親代わりだという大家さんにも会うことが出来たが。米造と同じで、「早く忘れろ」と言った。

そして二年が過ぎた。

「やっと野郎が話してくれた」

源兵衛に伊助が口を開いたのが五日前のことだ。

それまで伊助は一人で悩んでいたようだ。

なんで、おきみが熊野屋で遊女をやっていたのか。

源兵衛が改めて、親代わりの大家を訪ねて、すべての事情を聞いた。大家は重い口を開いた。弥三郎が店の金を使い込み、おきみが熊野屋に身を売った話を。

大家は金は自分が立て替えて、あとで払ってくれればいいと何度も言ったのに、弥三郎とおきみが聞かなかったのだと言った。もっと強く言えばよかった、と大家は源兵衛に詫びた。

「大家が白髪頭下げてもはじまらねえ」

源兵衛は言った。

「俺は伊助に言った。決めるのは手前だ」

おきみを忘れるか、全部知った上で、おきみを身請けして所帯を持つか。

伊助は腕のいい大工で、手間は日に銀十二匁（約二万円）は稼いでいる。身請けの金は源兵衛が立て替えても、一年経たずに返ってくる。

「どうする、伊助」と源兵衛が聞いて、「棟梁、よろしくお願いします」と伊助が頭を下げたのがさっきの話。

「お願いします」と言われても、金は立て替えるが、どうやって熊野屋の遊女を身請けすればいいのかが源兵衛にはわからない。鳶の頭を頼んで、話が他の者に知られたら。伊助の女房は元女郎だ。女郎上がりだと、噂になっては二人が可哀相だから。内緒で身請けして所帯を持たせてやろうじゃないか。所帯を持たせて、他所へ引越しちまえば、おきみの過去を知る者はいない。江戸は広いから、なに、伊助の腕があれば、どこでも仕事は出来るから。知っている者のいないところに行って、やり直せばいいだけの話だ。


「それで俺が呼ばれて、さて、俺もどうしていいかわからず、それでおひろさん、あんたを訪ねた」

熊五郎は言った。

遅かった。

なんであの日に。あの日に、すぐに。「迎えに来るから待っていろ」と伊助はおきみに言わなかったんだ。

「源兄ィに……、いや、伊助に、俺はなんて言えばいいんだよ」

おきみがすでにこの世のものではない。いや、伊助に遇ったその日に縊れて死んだと聞いて、熊五郎は呆然(ぼうぜん)とした。

「酒、もらえるか」

熊五郎がつぶやいた。

飲みたいのはこっちだ。おひろは思った。

熊五郎に付き合って自分も飲みたい気持ちだったが、酒なんて飲んで気が晴れるものではない。自分には自分の仕事がある。

「馬鹿野郎、何ぼさっとしてやがるんだ」

善助の怒鳴る声がした。新米の若い衆が何かしくじりをやらかしたのか。あんな風に怒鳴ったら遊女が怖がるじゃないか。それにお客に聞こえたら不愉快だろう。何年若い衆やってるんだい。私が行かなきゃならないのか。

「いま、お酒を持って来るように言います」

おひろは熊五郎にそう言って、立ち上がった。

「すまねえ」

熊五郎はおひろに目を合わせずに言った。

その日、熊五郎は、一人で黙々と飲み続け、酔い潰（つぶ）れて一晩泊まり、翌朝、早くに帰って行った。

「おきみちゃんの墓はどこだい」

おひろはその日も饅頭を持ってやって来たお亀に聞いた。お亀は怪訝な顔をした。

身寄りのない遊女に墓なんかない。

俗に投げ込み寺と呼ばれている寺が吉原の近くにある。

山谷（さんや）の西方寺（さいほうじ）は、その昔、仙台侯（せんだいこう）に身請けされて殺された高尾太夫の墓がある寺で、開祖の土手の道哲（どうてつ）は俗名を島田重三郎（しまだじゅうざぶろう）といって、高尾太夫と言い交わしていた。道哲が高尾をはじめ可哀相な遊女たちを供養しようと開いた寺に、吉原や千住で死んだ、無縁の遊女の亡骸（なきがら）が持ち込まれる。おそらく、おきみも西方寺に葬られたのであろう。

ちなみに西方寺は、現在は西巣鴨に移転した。高尾太夫の墓は今もある。

「おかみさん、半日ほどお暇をいただいていいですか」

「行くのかい、おきみの墓参りに」

熊五郎の話を聞いたあさが言った。

「少ないけど、旦那からだ。お花でも買っておやり」

あさが紙に包んだ銭をおひろに渡した。

「なんで死んじまったんだろうね」

なんで死んじまったのか、おひろもあさもわかっている。


次の日はとくに暑かったが。

おひろは山谷に出掛けた。

「暑いのにご苦労様です」

僧侶がおひろに声を掛けた。

「二月前に来られたら、紫陽花が綺麗でしたよ」

僧侶は言った。

「ちょうどその先の生垣を曲がると、六月頃には随分と咲いておりますな」

紫陽花が綺麗なのか。来年、おきみの命日に来れば、綺麗な紫陽花が見られるのか、とおひろは思った。

毎日忙しかった。

次から次に客は来たし。

他所から住み変わってくる新しい遊女もいたし、他所へ住み変わったり、年季が明けて伊勢屋を去る遊女もいた。

「あんたも気をつけなよ」

お亀に言われるまでもなく、おきみのような女は二度と出しちゃいけないから。おひろはよく遊女たちと話をした。何気(なにげ)ない世間話でいいんだ。悩んでいること、お客の愚痴、なんでも聞いてあげて、それとなく気遣ってやればいいんだ。

一年が経った。

若い衆の集まる空き地に、また紫陽花が咲いた。

おひろは、西方寺の僧侶の言葉を思い出し、そろそろおきみの命日だと思った。

おひろは雨の中、ふたたび山谷に出掛けた。

吉原の土手に出る手前で、職人の二人連れに会った。一人は熊五郎で、連れは若い男だった。

この人が伊助さんか、とおひろは思った。

「いま、俺のところに手伝いに来てもらっている」

誰だとも言わずに、熊五郎は説明した。

「おようが……、おようってえのは俺のかみさんだが」

「おかみさんが？」

「この野郎に嫁を世話するって言ってな。で、一周忌を待って」

おひろは若い職人を見た。職人はちょっと目を伏せていた。

うん。それでいいんだよ。あんたが所帯を持って幸福に暮らしてくれることを、きっとおきみも望んでいるだろう。

三人で西方寺に行き、線香をあげた。

「俺たちは土手の飯屋で精進落(しょうじんお)としをしてゆくが、おひろさんも一緒にどうだい」

熊五郎が言った。

「私はもうちょっとここにいますよ」

おひろが答えた。

「そうかい。なら、また、伊勢屋に寄らせてもらうよ」

そう言って、熊五郎と若い職人は去った。

おひろは、無縁塚の先の墓地に足を向けた。去年、僧侶に教えられた通り、垣根を曲がると色とりどりの紫陽花が咲き乱れていた。

青い紫陽花に雨粒がたくさん光っていた。

女郎花（おみなえし）

花を愛(め)でたことなどなかった。

だが、最近、千住大橋から、川に降りる土手一面に黄色い花が咲いているのを見て、おひろはきれいだなと思った。

その花というか草というか、毎年だいたい夏から秋のはじめくらいに咲く。

千住の旅籠(はたご)のおばさん、おひろが橋の上から何気に黄色い花を見ていたら、

「そいつは女郎花(おみなえし)って言うんだ」と声がした。

振り返ると、中年の男がいた。縞(しま)の着物の着流しで、裏返した角帯に短い真(しん)鍮(ちゅう)の十手(じって)をはさんでいた。

「なんだ、幸助親分か」

「親分はよしとくれよ、おひろさん」

声を掛けたのは、千住本宿の旅籠の主人で、宿役人から十手を預かっている尾

張屋三右衛門の手先の幸助だった。おひろが千住に来る前から、三右衛門の手先を務めている、年齢は四〇前後だろうか。千住では三右衛門の右腕、三右衛門の跡目を継ぐんじゃないかと言う者もいる。

「親分、なんで花の名前なんぞ知っているんだい」

　おひろが聞いた。

「御用聞きだって花に心をなごまされることだってあるんだよ」

　幸助は笑った。

「なんて花だって？」

「オミナエシ」

「オミナエシ？」

「漢字で書くと、女郎花って書く」

「女郎・花？」

　あー、それでか。

　女郎上がりのおばさんが、女郎花をながめているのがおかしかったんで、声なんか掛けたんだ。

　まったく嫌な人だ。おひろは御用聞きっていう稼業が好きではなかった。もちろん悪い奴らをふん縛(じば)ってくれるんだから頼りにもしているが、時には何かの加減で悪事に手を染めてしまった人を縛ることもある。人の人生を変えちまうこともあるんだ。まぁ、女郎屋のおばさんが他人の稼業をとやかく言えるもんでもないのだが。

おひろは二九歳の春まで、伊勢屋の遊女だった。目端が利くところを伊勢屋の主人、傳右衛門に見込まれて、おばさんになった。遊女屋の女の奉公人はおばさんと呼ばれる。

「明日あたり行くと、おりんに言っといてくれ」

そう言って、幸助は橋を渡って本宿へ去った。

幸助は一年くらい前から伊勢屋によく来る。なじみの女はおりん。

おりんは今年三三歳になる、伊勢屋の遊女の中では一番の年増になる。

おひろが帰ると、店のあがり框(かまち)におりんがいたので、

「明日、幸助親分が来るってさ」

と声を掛けた。

おりんは、ふーん、というような、あまり関心のないような風を見せた。

遊女のよくやる仕草である。気になる男の話題が出た時、気のないふりをするんだ。

おりんは幸助親分に気があるのかね。

「おひろさん、旦那が呼んでいるぜ」

若い衆の和助が声を掛けた。

旦那が？　なんの用だろうね。


伊勢屋の主人、傳右衛門は長火鉢の前に座って、苦虫を嚙み潰したような顔をしていた。横には女将のあさが座っていた。

「忙しいところをすまねえな」

傳右衛門が言った。

「ちょっと、相談してえことがあってな」

そう言って、傳右衛門はあさを見た。自分で言い難いことは、そうやって目で知らせて、あさに言わせる。傳右衛門の癖みたいなものだ。

「なんでしょう？」

だから、おひろも「なんでしょう」とあさに聞いた。それがここ何年かすっかり習慣になっている。

「おりんのことだけれどね」

あー、そうか。やっぱり。多分、そんなことだろうかと思った。

おりんは伊勢屋の一番の年増で、このところ客足が落ちている。客の落ちた遊女は、どこか別の、格下の店に住み替えをさせて借金の補塡をさせるのが遊女屋のやり方だ。格下の店なら、まだそれなりの需要がある。格下の遊女屋も見返りのあるぶんの金を払う。格下の店とはいえ、住み替わるにはそれなりの金がいるから、遊女の借金は増えるのである。そうしてまた何年か、遊女の勤めをすることになる。遊女の年季だけが増えて遊女屋は損をしない仕組みになっている。

傳右衛門は「相談」と言ったが、相談ではない。このままでは、近いうちにおりんに住み替えをさせるから因果を含めておけと言っているのだ。

「おりんの年季はあとどのくらいですか」

おひろが聞いた。

「一年とちょっとだ」

傳右衛門が答えた。

一年とちょっと伊勢屋にいられれば、年季が明けて自由になれる。だが、自由になったところで他に行くあてがなければ、やはりどこかに住み替えるしかない。

「俺も因業な真似はしたくねえんだ」

傳右衛門が言った。

「もしもおりんに惚れ合っているような男がいたら、十両くらいで手を打ってもいいんだ。だけど、只証文巻くわけにはいかねえ。これも俺たちの商売なんでな」

傳右衛門もあさも遊女屋稼業をしているわりには優しいところがある。十両出してくれる男がいたら、その男と所帯を持たせてやったらどうだと言っているのだ。

「お前知らないかい、金が余って困っているみたいな、どっかのご隠居は？」

所帯を持たなくても妾でも、住み替えをするよりは楽だろう。相手は年寄りだからすぐに死ぬから、あとは小商売でもして暮らせばいい。そんな口を探してみてくれと言っているのだ。

そんな口を知っていれば、誰も苦労なんてしない。

次の日の昼過ぎ、おひろは千住大橋の袂から、女郎花の咲いている土手を眺めていた。

夕べ、何気におりんに聞いてみた。

「誰か惚れてる男はいないのか？」

おりんは「あー」と声を漏らした。

「いいですよ。私はどこかに住み替えになるんでしょう」

おりんはあとは何も言わなかった。

おひろがそうだった。吉原から千住に住み替えて、あと何年か千住で暮らして、どこかの宿場に住み替えて、そのあとはどうするか？　不安だった。一二歳で吉原に売られ、一四歳ではじめて客を取り、遊女以外のことをしたことがなかった。

堅気の女房になる夢を見たことがなかったわけではないが、夢は夢でしかなかった。

おひろは運がよかった。千住の水が合っていたのか、伊勢屋ですぐに板頭を張り、傳右衛門に気に入られ、たまたま、前のおばさんが辞めたので、ちょうどいい塩梅だと、おばさんになった。それからもう十年近く、おばさんを務めている。おそらく一生、伊勢屋のおばさんをやるのだろう。

今までも、板橋や新宿、他の宿場町の遊女屋に住み替えた女はいくらもいた。客と所帯を持った女もいた。身請けされて、お妾さんになった女もいたし、年季が明けて家族のもとに帰った女もいたし、祝儀をきっちり貯めていて、小商売をはじめた女も何人かはいた。

幸福になったか不幸になったかなんて知らない。皆、それぞれの生活を送っているんだ。

住み替えて行った先の水に合うかもしれない。おひろは千住の水に合った。おりんはおりんの道を行けばいいだけだ。

でも気になって、夕べ、お引けのあと、おりんの馴染みの客を調べてみた。ご執心なのは、巣鴨の豪農の番頭で太兵衛、一〇日に一度くらい通って来るのだが、この男には女房がいる。妾を持つほどの才覚はないだろう。湯島の薬種問屋の手代、根津の八百屋、金町の団子屋の若旦那……、十両出して、おりんの面倒を見てくれそうな男はなかなかいなかった。

「また、女郎花か?」

おひろがふり返ると、幸助がいた。

おや、灯台元暗しかね。

少なくとも、おりんのほうは幸助に気がある。

あー、駄目だ。幸助が十両なんて大金を持っているわけがない。

十手持ちなんてえのは、実入りが少ないんだよ。親分の尾張屋三右衛門だって、本業は旅籠の主人だ。三右衛門の手下連中だって、桶屋の吉蔵、髪結いの七兵衛、煮しめ屋の貫太……、皆、他に何かしら商売をやりながら御用聞きをやっているんだ。幸助の商売はなんだろう。それすら、おひろは知らない。

もしかしたら、どっかの金持ちの次男か三男で、遊んでいても暮らせる身分で捕物道楽をやっている……、そんなことはないだろう。着ている着物はちょっと薄汚れているし、真鍮の十手をはさんだ帯も少しくたびれている。とても金がある者のナリではない。

遊女屋のおばさんは客のナリで金を持っているかいないかを瞬時に判断しなくてはならない。不精でナリに気を遣わない男もいるが、不精か銭がないかはだいたいわかるものなのだ。

でも、もしかしたら。持っていないとも限らない。そう言えば、聞いたことがあるよ。捕物で手柄を立てると、宿役人から褒美がもらえるらしい。幸助は長く稼業をやっているから随分手柄も立てているだろう。もしかしたら、褒美を貯めこんでいないとも限らない。

聞くだけ聞いてみようか。

「ねえ、親分」

「なんだ」

あー、面と向かって金の話はしにくいねえ。

「親分は今までに随分、悪党をふん縛って来たんだよね」

「大物の悪党はふん縛ってはいない。こそ泥、スリ、護摩(ごま)の灰なんてえ連中は随分しょっぴいたけれどな」

あー、そうなんだ。

「でも、尾張屋の旦那の右腕なんだろう。お前が尾張屋の跡目を継ぐって噂もあるんだろう」

「よせよ。尾張屋には倅(せがれ)がいるんだ。跡目は倅が継ぐんだよ」

なんだ、ただの噂か。

やっぱり無理か。

「あとで来るんだろう？」

少なくとも今夜、おりんがお茶を引くことのないように。幸助に念を押した。

「ああ。おりんによろしく言ってくれ」

幸助は今日は橋を渡らず、「こつ」の街へと去って行った。


伊勢屋の五軒先の路地を曲がったところに小さな絵草紙屋がある。間口は一間半くらい。軒先に、「八犬伝（はっけんでん）」など流行の読本や絵草紙が積まれている。

幸助は絵草紙屋に寄った。

「おや、親分、いらっしゃい。『島鵆（しまちどり）』の新しいのが入ってますよ」

もう還暦（かんれき）を過ぎたであろう、小柄な老人が店番をしている。この店の主人、三（み）河堂（かわどう）の仙吉（せんきち）だ。

「借りてゆくよ」

「他には何か？」

「ちょっと見せてもらうよ」

本好きの御用聞きなんて珍しい。尾張屋三右衛門は「本なんか読んでるほど暇ではない」と言う。確かに本を読むのは暇つぶしかもしれないが、本から学ぶものは多いと幸助は思っている。誰かが読み捨てた読本を何気に読んだらたまらなく面白かった。続きが読みたくなり、捕物が暇な時は三河堂に立ち寄るようになった。

「親分、私ももう年齢(とし)です」

仙吉老人が言った。

「いつお迎えが来てもいいようで」

「寂しいことを言うなよ。お前に死なれたら困るんだ。本宿にも本屋はあるが、あそこは新しい本をちっとも仕入れて来ない」

「吉田堂(よしだどう)の主人は、自分が本なんて読みはしませんからね。噂を聞いて、流行(はや)っている本を仕入れるだけですから」

仙吉は本宿の本屋の話をして「へへへ」と笑った。

「これで本屋は骨が折れるんです」

仙吉が誰に言うとなく言った。

「一冊は軽い本も十冊二十冊となると、なかなか重い。店の端から端に動かすだけでも、年寄りには堪(こた)える仕事でしてな」

誰に言うとなく言っていても、そこには幸助しかいない。

「小僧でも雇えばいいじゃないか」

幸助は返事をした。

「小僧一人余分に食わせるほどは儲(もう)かってはおりません」

仙吉は笑った。

いい本を揃えているのに。路地一本入って、人目につき難いとは言え、千住の本好きには知られている店だ。もっとも本好きには知られていても、本を読む人間が少なければ、儲けには繋がらないのか。

「倅はいないのか」

「先に死んじまいました」

「悪いことを聞いたな」

「長生きのし過ぎです。古希(こき)を過ぎました」

古希、七〇を過ぎているのか。そら、本屋でなくても、どんな商売でもしんどいだろう。

「くたばる前に店仕舞いしようかと思っているんですがね、親分みたいに、楽しみに来てくれる客がいるうちはね」

「俺もちょいと御用聞きがしんどくなった」

　今度は幸助が誰に言うとなく言った。

「こそ泥でも二人三人しょっぴくのは骨が折れる」

　もう何年、尾張屋の手先をやってきたのか。十五、六の頃から、尾張屋の使い走りをやっていたから、かれこれ二十五年近くになる。力の衰えを感じた。そろそろ捕物稼業は潮時なんじゃないか。

「親分はまだ厄年くらいでは？」

　仙吉が聞いた。

「よくわかるな」

「私も厄年の頃、もうお仕舞いかなと思いましたが、あれから三十年も生きちまいましたよ」

「じゃ、あと三十年生きて、百まで本を売ってくれ」

　続きを読んでいる『島鵆』と、洒落本を二冊借りて、幸助は三河堂を出た。

　御用聞きを辞めたら、本を読んで暢気に暮らそうかと思っていたが、三河堂がなくなったら、それも出来なくなる。

伊勢屋の前まで来たら。

尾張屋の手先の一人、煮しめ屋の貫太がいた。

貫太は見込みのある手先で、幸助がこいつは使えると思い、十年くらい前から三右衛門のもとで働かせている。随分、手柄も上げて、一人前以上の仕事をしている。

「どうしたい、貫太」

「幸助兄い、親分がお呼びです」

なんだろう。何か大きな捕物でもあるのか。

今日は伊勢屋で、おりんを相手に暢気に過ごそうと思っていたが、そうもいかないのか。

こんなことなら、おひろに「今夜行く」などと言わなければよかった。おりんにはすまないが、近いうちにまた来よう。

「よし。行くぜ」

幸助は早足で本宿へ向かった。

「それにしても貫太、なんで俺が伊勢屋に行くとわかった？」

「兄いが家にいなければ、行くところは伊勢屋か三河堂くらいでしょう」

なるほど。確かに、他に行くところはねえや。

幸助が伊勢屋に行くようになったのは一年くらい前からだ。

本宿は尾張屋の縄張りだから、本宿で遊ぶと宿の者に余計な気を遣わせる。と言って幸助も木石ではないから、たまには遊びたい。暇な時に板橋あたりに出張っていたが、ちょっとしんどくなり、たまには「こつ」で遊んでみようかと、よく行く本屋の三河堂の近くの伊勢屋に上がって、おりんという女と馴染みになった。

若い衆の善助に相応の心付けを渡し「余計な気遣いは無用」と言った。

「本宿の旅籠に上がれば、尾張屋の身内で只で遊べる。そこを橋渡って伊勢屋に上がるんだから、普通の客として遊びたいんだろう。それをわかってあげるのが俺たちの仕事だよ」

善助は他の若い衆にそう言って、幸助には取り立てて構わないようにした。

馴染みと言っても月に一度くらいの逢瀬で、それがお互いに気を遣わずに済むのだろう。どこが気に入っているかと聞かれると答えられないが、相性というのはあるようで、幸助はおりんといると気が休まる。だから、時々は顔を見に伊勢屋に来るようになった。

「江戸で凶悪な盗賊一味が捕縛されたんだが」

三右衛門が言った。

「草三郎(そうざぶろう)って野郎を取り逃がしたんだと」

草三郎は江戸市中に潜伏しているらしい。奉行所が血眼(ちまなこ)で探しているから、あぶりだされる前に高飛びをするだろう。街道には密偵が目を光らせている。

「草三郎は信州の生まれ。土地勘のある中山道か、奥州街道に逃げてくるだろうというのが江戸の奉行所の考えらしい。もしも奥州街道を来るとしたら、決して千住を通すな。いいな」

「へえ」

幸助や貫太たち手先の者にも緊張が走った。

「幸助、すまねえ。俺に代わって捕物を仕切ってくれ」

三右衛門が言った。

「俺もよる年波でな」

そうか。幸助が手先になった一五、六の頃、三右衛門は三〇代半ばだった。幸助が厄年に近いんだ。三右衛門も還暦に近いということだ。

「わかりやした」

「絶対に逃がすなよ、いいな」


次の日の昼近く、おひろはあさに声を掛けられた。

「おりんのことだけれど」

「はい」

昨日の夜、おりんはお茶を引いた。誰も客がつかなかった。約束していた幸助も来なかったので、おひろはちょいと腹を立てていた。女に客がつかないことは遊女屋ではまれにある。だが、それが何日も続くとなると話は別になる。

「見つかりそうかい、金を出してくれる男は」

「探していますよ」

そう言うしかない。「いそうもありません」と言ったら、あさは明日にでも住み替え先を探しはじめるだろう。もしかしたら、おりんのために無理をしてでも金を作ろうという男がいるかもしれないじゃないか。

次に巣鴨の太兵衛か、団子屋の若旦那が来たら聞いてみよう。

その時、表を土埃を立てて走ってゆく数人の男たちがいた。

「なんだろう」

あさが言った。

「和助、見ておいで」

「へい」

若い衆の和助が飛び出して行き、すぐに戻って来た。

「捕物です。千住大橋で、大捕物です」

和助の報告を聞いて、伊勢屋の主人、傳右衛門は嫌な顔をした。

今から十年ちょっと前だ。千住大橋の捕物で捕まった盗賊が、たまたま伊勢屋の客だったことから、傳右衛門は宿役人に呼ばれて丸一日尋問をされた。うっかりした野郎は泊められない。傳右衛門は、おばさんのおひろや若い衆たちに、お客をちゃんと見極めろと口をすっぱくして言うようになった。

「どんな野郎が捕まったんですか」

今日の捕物は伊勢屋の客ではなさそうなので、傳右衛門はホッとした。

若い衆の佐七が聞いた。

「それがよ、すばしっこい野郎で、うまく逃げたみたいだぜ」

手配の盗賊、草三郎が奥州街道を北に向かったことは密偵の知らせで千住の宿役人に伝わった。

捕まえるのは千住大橋だ、と幸助は思った。十年くらい前にも、千住大橋で挟み撃ちにして手配の盗賊を捕らえたことがある。

幸助は三右衛門の手先たちと千住大橋の本宿側、「おでん　かんざけ」の店に待機した。

「こつ」を通り抜けて旅人がやって来た。距離を置いて、二人の密偵が尾行している。あの旅人が草三郎だ。草三郎と思われる旅人が橋の中ほどに来た時、別の旅人が密偵を追い越して、すぐ後につけた。

「待て」

追って来た旅人が声を掛けた。

「お前は熊谷（くまがや）の藤四郎（とうしろう）だな」

「いいえ、人違いで。あっしは草三郎という者でございます」

「その草三郎に用がある」

追って来た男が懐から十手を取り出して、「御用だ」と、草三郎に打ちかかった。草三郎は男の十手をかわして逃げようとした。

幸助たちが橋の本宿側を塞いだ。後には二人の密偵。その後から、「こつ」の
どこかの宿に隠れていたのであろう、十人ほどの捕吏が走って来て「こつ」側を
塞いだ。これで逃げられない。

だが、草三郎は強かった。最初の十手の男と、あとから来た密偵二人を素手で
倒した。

「吉蔵、七兵衛、来い。貫太、野郎を決して通すな」

幸助は六尺棒を手に、二人の手先を連れて、草三郎に迫った。「こつ」のほう
からも同心と二人の手先が草三郎に迫った。

六人掛かりだ。袋の鼠だ。だが、草三郎は同心の懐に飛び込んで、小刀を奪っ
た。同心に従っていた手先はひるんだ。

野郎、刀を持ちやがった。だが、幸助の手には六尺棒があった。あの短い刀で
六尺棒がかわせるのか。幸助も腕っ節には自信があったが、草三郎が刀を構える
と、そこに踏み込んではいかれなかった。

草三郎には一分の隙もなかった。こいつはもしかしたら剣術の修行をしている
のか。だとすれば刀を渡したのは失敗だ。

いや、恐れることはない。どんなに強かろうと、どうせ野郎は袋の鼠だ。自分たちを倒したところで。橋の袂は十人以上の捕吏で塞いでいる。逃げられるわけはない。

「えい」

幸助が六尺棒で打ちかかったが、草三郎は簡単に体をかわした。

刀をとられた同心は、ここで草三郎を逃がしては面目にかかわると、草三郎の腰にしがみついた。

「離せ」

草三郎が同心をふり払った時に隙が出来た。

ここだ。

幸助が六尺棒をふりおろした

一瞬早く、草三郎が左に飛んだ。六尺棒は空を切った。

「悪く思うなよ」

草三郎がそう言ったような気がした。次の瞬間、草三郎の姿が目の前から消えた。

草三郎は橋の欄干を飛び越えて、大川に飛び込んだ。

「川だ。追え！」

同心が叫んだ。手先たちは橋の袂に走り、橋を封鎖していた捕吏たちも川辺へと走った。

幸助は一人動けなかった。

ここまで盗賊を追い詰めたのに、逃げられた。ほんの一瞬、もう少し早く六尺棒をふりおろしていれば、野郎の手なり足なりに当たっていたら、草三郎は欄干を飛び越えるなんていう真似は出来なかったろうに。

六尺棒を放り投げ、幸助はその場にしゃがみこんだ。

「川下だ」「川上だ」「何が何でも捕らえろ」

同心たちの声が川辺に響いた。


翌日、幸助は尾張屋に呼ばれた。

夜中、川の上流下流を探したが、草三郎は見つからなかった。江戸からも応援の捕吏も来た。旅籠の若い衆や近隣の百姓も借り出して、千住界隈をくまなく探した。溺れて流されたのか、手が回る前にどっかの岸に流れ着いて逃げたのか。

「お前も焼きがまわったのか」

三右衛門は言った。

用意周到に橋の真ん中に追い詰めたはずが、まんまと逃げられた。

「それが恐ろしく強い野郎なんですよ」

吉蔵が言った。

「うるせえ」

三右衛門は怒鳴った。

「草三郎って野郎は手が何本あるんだ。足が何本あるんだよ。どんだけ強くたって、六人掛かりで、なんだって逃がすんだ」

「面目ねえ」

幸助はただ頭を下げた。

「幸助、手前はしばらく家でおとなしくしていろ。本なんか読んでるんじゃねえぞ。いいな」

三右衛門の怒りは収まらなかった。

三右衛門の本業は旅籠屋だ。倅はいるが、倅には旅籠を継がせるつもりでいる。お上の御用は危ない橋を渡ることもある。自分は捕物が好きで、というか、ちょっとした正義感から捕吏の仕事をするようになったが、倅には危ない仕事はさせたくなかった。だから、還暦を機に、旅籠を倅に、お上の御用を幸助に任そうと思っていた。お上の御用を幸助に譲るについては、宿役人を納得させなくてはならない。凶悪犯の草三郎を召し取れば、幸助が跡目を継ぐことに誰も文句はなかろうと思い、この捕物を任せた。

それを見事にしくじった。

目端も利くし腕っ節も強いが、御用聞きなんていう稼業は、清濁併せ持つ了見と、それに運もいるんだ。

肝心なところでしくじる。幸助には運がないのだろう。

幸助は一人、橋を渡って「こつ」にやって来た。

伊勢屋を通り越し、幸助が向かったのは三河堂だった。

「おや、親分、新しい本はまだ入っていませんよ」

仙吉が笑顔で言った。

幸助が千住大橋で捕物にしくじったのは、仙吉は知らないのだろうか。

「爺さん、店仕舞いするって言っていたろう」

幸助が言った。

「どうだい、店仕舞いするなら、この店を俺に売ってはくれないか」

捕物で凶悪犯と渡り合う。いつ死んでもおかしくないが、ことによったら、刃物で刺されて動けなくなることもあるかもしれない。万が一にもそうなった時に、他人に迷惑は掛けたくないから。幸助は内緒で金を貯めていた。

幸助は他の御用聞きのように稼業を持たない。はじめは尾張屋の使い走りをやって小遣いをもらっていたが、三年四年使い走りをやっていたら、「尾張屋の手先の幸助」で本宿では知らないものがいなくなった。腕っ節も強かった。千住は遊女屋の街なので、揉め事も多い。若い衆で手に負えない時に、幸助は呼ばれた。幸助が睨みを利かせれば、たいていの揉め事は解決した。

あるいは護摩の灰が出て、旅籠の者が捕らえた。表立ってお上に届ければ、店の信用に関わる。そこで幸助に頼むと、別の罪状を調べて、改めてふん縛って宿役人のところへ送ってくれる。店にはありがたい。

旅籠の主人は相応の礼金を包む。それで暮らしも立つし、金も貯まった。

「爺さんの隠居料くらいは出そうじゃねえか」

「本屋やりながら御用をやるんなら、お前、かみさんをもらいなよ」

仙吉が言った。

「捕物の度に店閉められたら、客が迷惑する」

「御用もそろそろ潮時でね。辞めて、本屋で暮らそうと思う。年齢だよ」

「年齢取らなきゃわからねえこともあるぜ。そうだろう。長く捕物をやって、ようやく悪い奴の気持ちがわかって来たんじゃねえのか」

悪い奴の気持ちなんか、わかってたまるか、と幸助は思った。

若いうちは盗人は盗人、全部悪党だと思っていた。だが、食うに困って盗みに入る奴もいる。自分が食うためじゃない。小さい子供がいて、子供がひもじい思いをしていたら。悪いこととは知りながら、他人の銭を盗む奴もいる。盗人もいろんな事情を抱えていることを知った。だからと言って、盗人を許せるわけではないし、目こぼしなんかはしない。盗人の気持ちがわかることは、むしろ捕吏の役になんか立たない。悪い奴に同情が起こるのも、年齢のせいだ。

鉄壁の包囲網から、凶悪犯を逃がした。捕物でしくじった。それはとりも直さず、手前の老いからきたことなんだ。

「店を仕舞うんだったら、俺に声を掛けてくれ」

そう言うと幸助は三河堂を出た。

「何？　おりんが他所に住み替えるって？」

その日の夜、巣鴨の太兵衛が伊勢屋にやって来た。三年越しで、おりんにご執心な豪農の番頭だ。

「なんとかなりませんかね」

おひろは太兵衛におりんの身請け話を持ち掛けた。

「そらまぁ、十両くらいの金は造作もないことだがな」

巣鴨あたりも最近では町家が出来て、今まで田畑だったところに家作を建てた。太兵衛の主人もかなりの賃料収入があるようだ。その差配をするのだから、十両くらいの金は太兵衛の裁量でどうにでもなるのだろう。

「だけどもなぁ、おら、女房がいるんだ。そうそう、表立って妾を囲うわけにはいかないんだよ」

「表じゃなくてね、裏で。どっかこの界隈の裏長屋を借りて、おりんには小商売をさせて、あんたはたまに来て、来た時に今の揚げ代の、そうだね……、半分くらいの小遣いをやればいいんだよ。あんただって損はない話じゃないかね」

今、十両と、小商売の資本を二両くらい出してくれればいい。千住に通うのだから今まで通り。しくじらなければ、女房にはバレない。揚げ代も半分で済む。

「ちょっと考えさせてくれないか」

太兵衛は鼻の下を伸ばして言った。

これでなんとか、おりんの件は片付きそうだね。


ところが、うまくゆかない時はゆかないものだ。

おりんが太兵衛をふった。

その日はどういうわけか、客が立て込んでいた。

どういうわけか。わけは簡単だ。草三郎の探索で川辺をしらみ潰しに調べるために、近隣の百姓まで借り出された。宿役人は借り出した百姓にわずかだが日当を出した。百姓たちには降って湧いた臨時収入で、その銭を握り締めて、「こつ」に繰り出した連中がいた。

おりんにも何人か客が付き、廻しをとっているうちに、太兵衛の部屋へ行かずに夜が明けた。

「久しぶりの廻しだったから、時間の都合がわからなかった」

おりんは若い衆に言った。

おひろもその日は大勢の客がいたので忙しかった。若い衆の和助におりんへの言付けを頼んだ。太兵衛が金を出してくれるかもしれないから、いの一番に太兵衛の部屋に行って愛想のひとつも言うように。なのに、おりんは太兵衛の部屋に行かなかった。

「なんだ、せっかく金を出してやろうかと思ったのに」

太兵衛は怒って帰った。

自分がちゃんと、おりんに言わなかったことを、おひろは悔やんだ。

「もしかしたら、おりんさんには惚れている男がいるんじゃないですかね」

若い衆の佐七が言った。

そんなことはお前に言われなくてもわかっている。

相手だってわかっているんだ。おそらく幸助親分だ。

来ると言っていた日に幸助は来なかった。おりんは寂しそうだった。

おひろにも経験がある。惚れた男が来るはずの日に来なかったことが。

幸助の来なかった日の翌日だ。千住大橋で捕物があった。捕物で幸助は来られなかった。まだ逃げた盗賊は捕まっていない。おそらく今も探索で忙しいのだろう。

おりんは幸助にふられたわけではない。

こうなったら、頼みの綱は幸助だけかもしれない。幸助にその気があれば十両くらいの金は都合がつかないとも限らない。だが、逃げた悪党が捕まらないうちは幸助は来ない。


「おりん、ちょっと話がある」

おひろが強い口調で言ったので、おりんはちょっとだけ顔をこわばらせた。

いよいよ住み替えの引導を渡されるのかと思ったのか。

「こっちに来な」

若い衆に聞かれたくなかった。若い衆の中には、遊女の話をすぐに、あさや傳右衛門に告げ口に行く者もいるから油断がならない。

おひろはおりんを行灯部屋に連れて行った。

「こんなところでなんですか。住み替えのことでしょう」

おりんは言った。

「巣鴨の太兵衛をふったね」

おひろが言うと、そっちか、という顔をした。太兵衛はおりん目当てで来る客で、おりんがつれなくして来なくなると困ると小言を言おうというのか。どうせ住み替えになったら、太兵衛は来なくなるか、他の遊女の元に通うかだ。いまさら、おりんになんの責任があるのか。

「太兵衛さんはお前を身請けして、小商売の資本を出してもいいと言った」

ただしくはおひろが言って太兵衛をその気にさせたのだが。

「それをふったのは、何か理由があるのか」

理由なんてない。太兵衛の妾になるんなら、街道の宿場女郎に住み替えたほうがいいと思っただけだ。

その先のことなんてわからない。宿場の遊女の水が合うかもしれないし、どっかの百姓に身請けされるかもしれない。行くところがなくなって、のたれ死にするかもしれないが、なんにせよ、今は太兵衛の妾にはなりたくなかった。

「なんで、太兵衛の妾が嫌なんだ？」

おひろは言った。

「他に好きな男がいるんだね」

おりんは黙った。

面倒臭いなぁ。

もういい加減、正面から聞いてやるか。

「お前が惚れているのは幸助親分だね」

おひろが言うと、おりんはわざと、「それは誰ですか」という顔をした。

一番気がある男の話題をふられると、知らないふりをする。これも遊女の仕草のひとつだ。

おひろは元遊女のおばさんだ。遊女の仕草で心根なんてすぐわかっちまうんだよ。

その時、おりんが言った。

「岡っ引きは嫌い」

千住大橋の袂で、女郎花を見ながら、おひろは幸助が通るのを待った。

そら、わたしも岡っ引きは嫌いだよ。

おりんは娘の頃、近所に住んでいた優しいおじさんが、盗みの罪で岡っ引きに捕まったのを見ていた。盗みは岡っ引きの勘違いで、おじさんはすぐに解き放されたが、岡っ引きに疑われたことで信用を失い、商売が傾き、どこかへ引っ越して行った。

そうなんだよ。あいつらは、人の人生を狂わせちまう。それでも自分たちは間違ったことはしていないという信念があるから始末に悪いんだ。

だから、おりんは客で来るだけの幸助はいいけれど、身請けされて岡っ引きの女房にはなりたくないのか。

ただ現実に、世の中には盗人もいれば、人殺しもいるんだ。十手持ちが睨みを利かせているから、安心して暮らせる。世の中、お百姓と職人と物売りだけで回っているわけではない。御用聞きや遊女屋や、いろんな商売があって回っているんだ。お前が幸助って男が好きなら、商売なんてどうでもいいだろう。

あーもう、面倒くさいね。

こうなったら、幸助に無理やり十両持って伊勢屋に来てもらうしかない。何とか幸助に私が頭を下げればいいんだ。うまくいかなきゃ、それまでだ。

そう思って、幸助を待っていたのだが。

その日は幸助は通らなかった。

ここに来れば会える気がしたんだが。やはり、盗賊の探索で忙しいのだろう。

一日も早く盗賊が捕まって、幸助が伊勢屋に来るのを待つしかあるまい。それまでに傳右衛門がしびれを切らして、おりんの住み替えを決めないことを祈るばかりだ。

そろそろ帰ろうかと思った時、

「伊勢屋のおひろさんじゃねえか」と声を掛けられた。

誰かと思ってみたら。尾張屋の手先、煮しめ屋の貫太だった。

「何してるんだ」

貫太が聞いた。

「オミナエシ」

思わず、おひろは口から花の名前が出てしまった。

「オミナ……、なんだい、そりゃ？」

あらら。この野郎は花の名前も知らないのかね。煮しめをこしらえちゃ、捕物やっているから、花を愛でる暇なんかないんだろう。もっとも、おひろも遊女屋の二階で忙しく、花を愛でる暇なんかないんだけれど。してみると、花の名前を覚えている幸助は案外暇なのか。暇なら、もっと、おりんに逢いに来るがいいじゃないか。

そうだ。この野郎に聞いてみよう。

「ねえ、幸助親分がどこにいるのか知らないかい？」

「幸助兄いか？」

　貫太が怪訝な顔でおひろを見た。

「幸助兄いになんか用か？」

「用ってほどの用じゃないけれどね」

「もしかしたら、草三郎のことをなんか知っているのか？」

　草三郎？　誰だい、そりゃ？　知らないよ。そんな野郎は。

「知っていれば、とにかく誰でもいい。尾張屋の身内に知らせてくれ」

　だから、知らないよ。草三郎なんて野郎はさ。で、幸助親分はどこだい？

「俺も探しているところだ。お前のところに居続けしてるんじゃないかと思っていたが、いないとすると、またあの本屋か」

「本屋？」

「お前の店のちょっと先に三河堂って本屋があるだろう」

　三河堂？　そう言えばあるねえ。

　おひろは本なんて読まないが、遊女の中には絵草紙好きもいるから、何度か使いに行ったことがある。

「おひろさん、すまねえ。三河堂に行って、もし幸助兄いがいたら、すぐに尾張屋に来るよう伝えてくれ。頼んだぜ」

そう言うと、貫太は飛ぶように千住大橋を渡って行った。

なんだい、あの野郎は。人に使いを頼んで行っちまいやがった。遊女屋のおばさんに只で使いを頼もうなんてえのは、とんでもない了見だ。まぁ、しょうがないよ。もしかしたら、幸助がいるかもしれねえっていうんなら、三河堂をのぞいて来るか。


尾張屋三右衛門は苛立っていた。

逃がした草三郎がどこに行ったのか、草の根分けて探しているのに、まるで見つからない。それだけではない。ついさっき、宿役人が江戸の奉行所の同心、田中某(たなかなにがし)を連れて来たが、田中がとんでもないことを言いやがった。

「手配中の草三郎は武家奉公をしていてな。仕えていたのが只の武士ではない。某藩の剣術指南役で、柳生新陰流(やぎゅうしんかげりゅう)の免許取りだそうだ。草三郎は主人から剣術を仕込まれていたらしい」

なんでそれをもっと早く言わないんだ。

柳生新陰流がなんだかは知らねえが、並みの腕っ節じゃ手に負えねえ野郎ってことじゃねえか。今も手先たちが血眼(ちまなこ)で捜しているが、もしも草三郎を見つけて

「御用」と声を掛けたら、逆に斬り殺されるかもしれない。下手人の反撃に遭うことがないわけではないが、相手がそんなに強いとなれば、捜すのだって慎重にやらねばならない。

なんでそういう大事なことを最初に言わねえんだ。

相手がただのこそ泥だと思ったから、幸助は「逃がさない」という布陣で橋の真ん中に追い込んだんだ。相手が凄腕ならば違うやり方があった。大勢で少しずつ追い込んで、最後はとり囲んで、目潰しで足を止めて、梯子や刺叉で追い込んで捕らえる、捕物ってえのはそういうものだ。捕物のしくじりは幸助じゃねえ。賊がどんな野郎なのかを伝えない江戸の奉行所の責任だ。

「おい、誰かいねえか。幸助を呼んで来い」

三右衛門は怒鳴ったが、誰も出て来なかった。主な手先は草三郎探索に出ていたし、下っ端の手先は三右衛門の機嫌が悪いので、どこかに隠れてしまっていた。

「なんだ、おひろさん、本を読むのか？」

おひろが三河堂へ行くと、幸助が本にハタキを掛けていた。

この人は何をやっているのだろう。千住の捕吏が一人残らず、逃げた賊を追って走りまわっているのに、一人で本屋で、何をしているんだい。もしや、賊の逃走先が本に書いてあるとでもいうのか？

「本を読んだって、捕物の役に立つことなんて書いてはいない」

幸助は笑って言った。

「これは尾張屋の旦那がよく言うことだがな」

本も捕物もどうだっていいんだよ。ここで幸助に会えたのは、神様だか仏様だか、とにかくなんかの巡り合わせだ。幸助がおりんのために十両出してくれるのか、それを聞かなくちゃなるまいが、さて、何から聞いたらよいものか。

おひろがとまどっていると、幸助のほうから口を開いた。

「そう言えば、この間はすまなかったな。行くと言ったのに、行かれなくて。おりんは怒っていたろう」

「そら、そうだよ。たいそうな、おかんむりでさ」

別におりんは怒ってはいなかったし、何も言ってはいなかった。ただ、寂しそうな顔をしていただけだ。

だが悪いが、これはおばさんの手練なんだ。遊女が客に惚れていると思わせる手練。おりんは幸助に惚れてはいるんだろうけれど。幸助の気持ちをさ、聞き出さないといけないいんだよ。何、女に惚れられて悪い気の男はいないから。おりんの気持ちを伝えれば、幸助は金を出してくれるに違いない。

「親分、あのさ」

おひろが口を開こうとすると、

「親分はもうよしとくれ」

幸助が言った。

「俺はもう御用聞きを辞めるんだ」

藪から棒に何を言うんだろう。いやだよ、この人は。

「焼きがまわっちまったようだぜ。だから、御用聞きは辞めて、俺はこの店を買って本屋になることにしたんだ」

えっ？　ちょちょちょ、ちょっと、待っておくれよ。この店を買うって。じゃ、本屋を買う金があるんだね。だったら、本屋なんて黴（かび）臭いもの買わないで、まぁ、多少は年齢はいっているけれど、女を一人買っておくれよ。

いや待て。御用聞きを辞めるっていうなら、おりんも気兼ねなく幸助の女房になれる。ありがたい……、いや、店を買うのに金を使っちまったら、おりんを身請けする金はないだろう。

あー、もう、えーと、わかんないよ。とりあえずこの店はいくらするんだい？

そう言おうとしたところへ、貫太がやって来た。

「おひろさん、幸助兄いに、すぐに尾張屋に来るように言ってくれって頼んだじゃないか」

あー、確か貫太にはそう言われていたね。

「兄い、すぐに尾張屋に来てください」

「尾張屋の旦那には一度は挨拶に行かねばならないが、今は三河堂の親父に留守を頼まれた。親父が帰ってくるまで」

「留守なんか、おひろさんに頼めばいい」

冗談じゃないよ。なんで私が本屋の留守番をしなくちゃいけないんだい、とおひろは思った。

「とにかくすぐに来てくれ」

「草三郎が捕まったのか？」

「草三郎は捕まらねえ。捕まらねえから、兄いの力が必要だ」

「俺はもう、そんな力はねえ。あとはお前がやればいいんだ」

「兄い、とにかく来てくれ」

　二人が言い合っているところへ、三河堂の仙吉が戻って来た。

「親父は帰って来たぜ。兄い、すぐ来てくれ」

　幸助は行きたくない様子だったが、貫太はまるで下手人をしょっ引くように、幸助の腕を引いて出て行った。

「どうかしたんですか？」

　仙吉がおひろに聞いた。

「さぁ」

　おひろはせっかく幸助がいたのに何も言えなかったことを悔やんだ。

「幸助親分と食おうと思って、饅頭（まんじゅう）を買って来たのに」

　仙吉ががっかりしたように言った。

「まぁ、いいや、おひろさん、茶を淹（い）れるから、一緒に饅頭を食わないか」

　おひろは饅頭なんか、どうでもよかったが、仙吉に聞きたいことがあった。

「ねえ、三河堂さん」

「なんだい」

「あんた、この店を一体いくらで幸助親分に売ったんだい？」

「とぼけるんじゃないよ。幸助親分に聞いたんだ。御用聞き、辞めて、この店を買うって」

「藪から棒ですな」

「あれま、親分は本気なのかね」

「ということは、まだ店を買ってはないんだね」

まだ買ってない。買う金はある。だったら、店の値段を値切れば、幸助はいくらか、おりんのほうにまわしてくれるかもしれない。幸助だって、おりんを憎からず思っているだろう。

「ねえ、三河堂さん」

おひろは遊女だった頃を思い出して、とびきり色っぽい声で仙吉の耳に囁いた。


月日の経つのは早いものだ。あれから。そう。千住大橋で、幸助たちが草三郎という賊を取り逃がしてから、一年近くが過ぎた。

草三郎はまだ捕まってはいなかった。どこへ逃げたのか。大川へ飛び込んで、川に流されて死んでしまったのではないかと言う者もいたが、信州路で姿を見たという噂もあったりで、ただ千住では一年前に捕物があって賊が逃げたということは覚えていても、賊がその後どうなったのか、噂話になることもなくなっていた。そんな噂をしているほど宿場は暇ではなく、客は毎日来ては、奥州に旅立ったり、江戸に出たり、それこそ、江戸を売って逃げようという悪党もたまにはいて、小さな捕物も時々はあった。


「おひろさん、すまねえ」

今度、若い衆頭になった善助が声を掛けた。

「ちょいと三河堂まで使いを頼みてえ。お梅が菊五郎の役者絵を買って来て欲しいそうだ」

「あいよ」

役者絵は女たちの憧れだ。お梅はとくに菊五郎が贔屓で、贔屓ったって遊女は芝居見物なんぞには行かれないから、客から余分な祝儀をもらった時は、役者絵を買ってながめるのが楽しみだった。

遊女たちの数少ない楽しみのための使いなら、おひろは喜んでやった。

「とくに用がなければ、三河堂で小半刻くらいなら油を売ってきてもいいぜ」

善助が言った。

別に油を売る気はないが。

三河堂の女房は一年前まで伊勢屋の遊女だったんだ。だから、三河堂に使いに行くと、ついつい女将と世間話をしてしまうことがあった。

遊女から堅気の女房になって、目と鼻の先にいて、幸福に暮らしている女を見るのは悪い気分のものではない。

一年前、三河堂の主人、仙吉が伊勢屋にやって来た。もう古希を過ぎた老人なのだが。仙吉が主人の傳右衛門に言った。

「こちらのおひろさんから聞いたんだがね、おりんさんって遊女を十両で身請け出来るそうだね」

「三河堂さん、あんたが身請けするのか」

傳右衛門は目を白黒させた。

「悪いかね」

「悪くはないよ。確かに、十両持ってくれれば、おりんの証文はあんたに渡すよ。だけど」

「本屋の親父が十両なんて金は持ってないと思っているな」

仙吉はにっこり笑って、胴巻きを出して、小判を十枚、並べて見せた。

「今度、わしは隠居をすることになったんだがな、年寄りの一人暮らしは何かと不自由で、身の回りの世話をしてくれる女がいてくれると助かると思っていたら、渡りに舟とはこのことだ。おひろさんから、おりんさんのことを聞いてな」

「いや、金さえもらえば、あとはどうしようと勝手だがね」

傳右衛門は怪訝な顔で仙吉を見た。

身の回りの世話だけなら、桂庵で女中を雇えばいい。そうすればいくらも掛からない。だが、女中とねんごろになるわけにはいかないから、女を身請けと思ったのか。いやいや、その考えは男としては悪くはないが、えっ？　わからなくはないけれどさ、爺さん、大丈夫なのか？　と傳右衛門はしみじみ思った。

「菊五郎の新しい絵ってえのはどれだい」
おひろが聞くと、
眉を落としたおりんが奥から出て来た。
髪も結い直して、薄化粧のおかみさん姿が似合っている。

いいものを食べているのか、幸福なのか、遊女の頃よりも顔が丸くなっていると、おひろは思った。丸い顔は、人間がおだやかに見える。

「切られの与三郎が新しいヤツですよ」

おりんが出して来た役者絵に描かれたいい男には、頬に大きな傷があった。傷という欠点がいい男ぶりを余計に際立たせているのが、おひろにもわかった。丸い顔のおだやかないい女になったおりんと、殺伐とした無残な姿を美しく見せている役者絵の与三郎、美しさにもいろんな美しさがあるものだ。

花瓶に挿した花も美しいが、土手に咲いている女郎花もきれいだ。きれいにもいろいろあるんだよ。

「商売は慣れたかい？」

おひろが聞いた。

「ええ。仙吉爺さんに一から仕込まれましたよ」

おりんが笑って答えた。

「二階にいますから呼びましょうか」

仙吉爺さんに会いたいわけじゃない。古希を過ぎた爺さんの顔なんて、なるべく見たくはないけれども、全部、あの爺さんが丸く収めてくれたんだから、感謝はしている。やはり年齢を重ねることで、人情の機微がより深くわかるということなんだろう。

「ご亭主は相変わらず捕物かい？」

おひろが聞くと、おりんは意味深に笑った。

一年前のあの日、おひろは仙吉に、幸助に店を安く売って、幸助とおりんに本屋をやらせてくれないかと頼んだ。

「それは駄目だ」と仙吉は言った。店を売った金で残りの人生を送る、いつ死ぬかわからないんだから、そんなに安くは売れない。

ごうつく張りとおひろは思った。適当なところで切り上げて、あの世に行けばいいだろう。

だが、仙吉はそのあとで訪ねて来た幸助に言った。

店の値段は十両でいい、その代わり、店の二階の一間に自分を住まわせて、死ぬまで三度の飯を食わせて欲しい。飯の中身に贅沢は言わないが、一〇日に一度は魚が食いたい。

幸助にしても、本屋をやるんなら仙吉が傍にいてくれたら助かるので、承知した。爺さんと二人暮らしがはじまるかと思ったら、仙吉が伊勢屋からおりんを連れて来た。

「爺さん、どういうことだ」

「夫婦で俺の死に水をとってくれ」

「夫婦って？」

「御用聞きをやりながら本屋は出来ないよ。本屋はかみさんに任せればいい」

「そう言えば、幸助親分は、尾張屋の跡目を継ぐらしいね」

「ええ。仕方がございませんね」

おりんはちょっと不満そうに言った。

尾張屋三右衛門は旅籠は倅に譲ったが、御用の仕事はそうはゆかない。吉蔵や貫太では千住を仕切るのはまだ無理だ。結局、幸助が跡目ということになった。

「お前がやらねえで、誰がやるんだ」

三右衛門に怒鳴られて、本屋を暢気にやるという幸助の夢は潰えた。

それで昨日も張り込みに行き、小塚原に出た辻斬りをふん縛った。

「相手は長い物を持っていたんだろう。大丈夫かい」

「うん。心配だけどさ。当人は平気なもので」

辻斬りは浪人だったが、一年前に取り逃がした悪党にくらべたら、たいした腕ではなかったと幸助は笑っていたという。

三河堂を出て、おひろは伊勢屋に戻らずに、千住大橋の袂まで行った。夏が過ぎて、そろそろ土手に女郎花が咲く頃だ。

おひろは橋の袂から、しばらく土手の花を眺めた。女たちの行く末はいろいろだ。みなが皆、おりんみたいになれるわけではないのだが、この黄色い花が、伊勢屋の女たちの幸福を見守ってくれている、そんな気がした。

紅葉（もみじ）狩り

「品川に紅葉狩りに行きませんか」

狂歌の宗匠に言われ、佐兵衛は困惑した。

「紅葉狩り」ってなんだ？　声で聞いただけだから、「紅葉狩り」が「紅葉借り」や「紅葉刈り」「紅葉雁」などいろんな意味にもとれる。

紅葉に雁は変だし、紅葉を借りてどうするんだ？

確か鹿肉のことを紅葉というらしいが、鹿狩りにでも行くというのか。こちとら、まっとうな町人だ。弓も鉄砲も心得があるはずもない。

さっぱりわからんぞ。

「いや、行きたいのは、やまやまなんですがな」

佐兵衛は「紅葉狩り」の意味がわからないので、こう答えた。

「近頃、御用繁多なものでして」

忙しいと言って断われば、角は立つまい。佐兵衛なりの大人の対応だ。というか「紅葉狩りってなんですか」と、五十面(づら)して聞くのが、なんか恥ずかしいと思った。

「それは残念」

宗匠はホントに残念そうに言った。

「今年の紅葉はたいそう美しいと聞いたので、お誘いしてみたのですが、いやーっ、お忙しいのでは仕方がない。残念、残念、実に残念」

「残念」と最初に言って、また、「残念、残念」、そして最後の「残念」の前の「実に」を強めに言う。この宗匠の、これが手口なのだ。わかっているんだが、言われると、たいしたことではないのかもしれないが、紅葉狩りに行かないことが何故か損をした気分になる。「紅葉狩り」がなんだかわからないのに行きたくなるから不思議だ。

よほど楽しいことなんだろうか。

恥を忍んで「紅葉狩りってなんですか」と聞けばよかった。宗匠が帰ってから、佐兵衛は思った。

佐兵衛は茅場町界隈(かいわい)に長屋をいくつか持っている大家で、町役人も勤めている。十年前に父親から町役人を譲られ、霊岸島の家に住んだ。霊岸島は茅場町の目と鼻の先にある。霊岸島といっても島ではないが、まわりを運河に囲まれて、橋を渡らないと行かれなかった。

それまでは佐吉と名乗っていたが、二年前父親が亡くなり、佐兵衛を継いだ。父親の父親も、そのまた父親も佐兵衛を名乗っていたらしい。何代目になるのかは知らない。下谷(したや)の叔父の話では五代目になるらしいが、別の叔父は七代目だと言う。どっちでも構わない。とにかく長いこと佐兵衛を名乗り、この界隈の人たちの世話を焼くのを家業としてきた。

狂歌の宗匠とは父親の代からの付き合いだ。「町役人をやるからは世情に通じていなくてはいけない」。そう言って父は、宗匠と懇意(こんい)にしていた。

十二日に一度、申(さる)の日には講中が料理屋に集まり、狂歌の会が行われる。申の日に集まるから「申の会」と呼ばれている。それぞれが題に応じた狂歌を持ち寄り、投票で天地人(一位二位三位)を決め、宗匠が講中の作った狂歌を寸評する。佐兵衛も毎回、申の会には出席しているが、一度も天地人に選ばれたことはない。

その他、月に一度、宗匠は狂歌の指南という名目で佐兵衛の家を訪ね、とくに狂歌の指南はせず、半刻ほど世間話をして帰って行く。この世間話が面白く、佐兵衛はいつも感心させられる。宗匠は旦那衆に狂歌を教えたりするほか、噺家を名乗って寄席の高座にも上がっているらしい。噺家の名前は瀧川鯉弁とかいうらしく、たいそう人気もあると聞いた。

宗匠には出稽古の謝礼に毎回一分（約二万五千円）を包んでいる。寄席に行けば五十文（約千二百円）で、同じような話が聞けるのかもしれない。でも、こっちの都合に合わせて来てくれるのだし、寄席とは違う話をするのだろう。

父親はもともとは、宗匠の師匠に狂歌を習っていたが、師匠が高齢で亡くなり、弟子の今の宗匠が引き続き、家に出入りしていた。宗匠は父親が死んでしばらくして訪ねて来て、「お出入りをお願いしたい」と言って来た。佐兵衛とはその時からの付き合いになる。佐兵衛より少し年齢は若いのだろう。

狂歌に興味はなかったが、父親とは、彼の師匠からの長い付き合いで無下に断われずに、佐兵衛も講中に入った。講中に入ると、それまで付き合いのなかった商家の主人や、職人の親方、あるいは武家の方々とも知り合いになれた。佐兵衛にしても講中に入らねば知り合うことなどなかった人たちである。

宗匠は博識だし、話も面白かった。だが実は、佐兵衛は宗匠にあまり好意を持ってはいなかった。

最初に会った時だ。宗匠の指先が目に入った。白い、綺麗な指先だった。おそらくこの人は、暑さ寒さで辛いという経験をしたことがない。皹を切らせたことなんてないんだろうと思った。土を触ったことなんて勿論ない。およそ苦労なんていうことをしたことがない人なんだ。

苦労を知らない人間に、世情のことがわかるものか。心のどこかで、佐兵衛は宗匠との間に一線を引いていた。宗匠の語る人情味あふれる話も、確かに面白いが、それは所詮筆と紙で作った絵空事でしかない。

「紅葉狩りってなんですか」と聞けなかったのは、佐兵衛のちょっとした意地でもあった。

夕方、佐兵衛は茅場町の家作に住む、経師屋の又吉を訪ねた。

又吉は腕のいい経師屋で、仕事一筋の真面目な職人気質の男だ。数年前に独立し、佐兵衛の長屋の中でも広めの、部屋が三間ある家作を二つ借りて住居と仕事場にしていた。

「いるかい」

佐兵衛が言うと、女房のおよしが出て来た。

「大家さん、いらっしゃい」

仕事場にしている六畳ほどの板の間の横に、三畳の部屋があり、そこが客との打ち合わせの部屋になっている。奥の部屋は道具置き場になっているらしい。借りているもう一軒が住居だ。

勝手知ったる自分の家作だ。佐兵衛は三畳に上がり、座布団に座った。

およしが茶を淹れて現われた。

「すみません。いま、亭主は留守なんですよ」

江戸っ子の女房は亭主のことを「やど」と呼んだ。碌で無しの亭主は「ヤドロク」になる。

又吉は他所に仕事に出ているようだ。

「いやいや、又さんに用があるんじゃない。今日はおよしさんに用があって来たんだ」

「あら、実は私も大家さんにお話ししたいことがあって。いえ、さっき宗匠が見えましてね、明日にでもお訪ねしようと思っていたんです」

おやおや。それは奇遇だ。一体何の用があるのか。いや、多分、用は同じだろうと佐兵衛は思った。

又吉もおよしも親の代から佐兵衛の長屋に住んでいて、二人は先代佐兵衛が仲人を務めて夫婦になった。およしは大工の娘で、職人気質がよくわかっている。似合いの夫婦だ。子供も一〇歳の男の子を頭に、女、男と三人いる。

およしは子供の頃から絵草紙が好きだった。今でも、読本や洒落本が好きなようで、ちょくちょく貸し本屋に出入りしていた。

ある時、貸し本屋の前でばったり会ったので。

「本が好きなら、どうだい、一度、狂歌の講に来ないか」

佐兵衛が申の会に誘ったら、最初は「私なんかが行っても皆様の足を引っ張るだけです」と言っていたが、当人は行きたかったのだろう。しばらく悩んでから又吉に相談したら、「行ったほうがいい。申の日だけなら、ガキの面倒くらい見ててやる」と背中を押されたらしい。

申の会に連れて行って三回目で、およしは「天」に入選した。それからも毎回、「天地人」のどれかに選ばれている。佐兵衛がまだ一度も選ばれていないのに。だが、そのことはさして口惜しいとは思わない。狂歌は下手でも、佐兵衛には人を見る目がある。およしならうまい狂歌が作れると思ったから誘ったんだ。

十年町役人をやって、人を見る目が培われていることが証明でき、それはむしろ誇りだった。

「いやね、今日昼間、宗匠が来て。品川に紅葉狩りに行かないかって誘われたんだけれどね」

佐兵衛は言った。

絵草紙好きのおよしだ。いろんなことを知っているから、紅葉狩りのことも知っているかもしれない。だったら、うまく紅葉狩りのことを聞き出してやろうと思って訪ねて来たのだ。

宗匠もおよしを訪ねている。おそらく、およしも紅葉狩りに誘われたに違いない。

「ええ。そうなんですよ」

およしが言った。

「宗匠がおっしゃるには、大家さんを紅葉狩りにお誘いしたら忙しいって断わられたって」

やはりそうだ。しかし、なんだよ。佐兵衛が断わった愚痴を、わざわざ女の弟子にこぼしに来たのか。

「いえいえ、宗匠はわざわざお越しになったんじゃなくて、掛け軸の表装の件で来られたんですよ。そのついでに紅葉狩りの話をされて」

およしが佐兵衛の気持ちを察したように言った。

あー、そうなんだ。

およしが申の会に行くようになり、およしが経師屋の女房だと知れると、申の会の講中には絵画や書の収集を趣味にしている者が何人かいて、掛け軸の表装などをちょくちょく頼まれるようになったというのだ。

又吉からも「客が増えた」、それも「上客が増えた」と感謝された。一方、講中からも「腕のいい経師屋と知り合えた」と、これまた感謝されている。佐兵衛の評判は申の会でも上がっていた。

宗匠もおよしを通じて、又吉に表装を頼んだらしい。

佐兵衛がおよしを申の会に連れて行ったことで、いろいろな人間の繋がりが増えた、そのこともまた、町役人冥利であった。

「では、大家さん、一日だけ、一日だけでいいんですけれど、なんとかお時間は取れませんかね」

宗匠はおよしに佐兵衛を紅葉狩りに誘い出して欲しいと頼んだようだ。

「どうですかねえ、大家さん」

どうですかと言われても、別に一日も時間が取れないほど忙しいわけではない。

「およしさんに頼まれたんじゃ仕方がないか。なんとか時間を作りますよ」

と言えばいいんだが、やはり、なんだかわからない「紅葉狩り」に行くのは不安であった。

それに場所は品川だ。品川というのは、ちょっと遠い。わざわざ一日潰して、てくてく歩いて品川まで出掛けるほど面白いのか。大山や富士山の参詣の講に入っていない佐兵衛は、実は江戸御府内から外には出たことがなかった。一番南に行ったのは、知り合いの葬式で麻布の寺に行ったきりだ。

「凄く綺麗だそうですよ。海晏寺っていうところが紅葉の名所で、山が一面真っ赤になるんですって」

およしは言った。

「もし大家さんが行かれるんなら、私も亭主に言って、連れて行ってもらいたいと思っているんですよ」

「そんなに紅葉狩りは楽しいのか」

佐兵衛が言うと、およしは「うふふ」と笑った。

「紅葉を見るだけですからね。そんなに楽しいかと言われると」

およしは笑いながら言った。

待て待て待て。

じゃ、何か。紅葉狩りっていうのは、ただ紅葉を見に行くだけなのか。

ようは、花見とか梅見と同じで本来は「紅葉見」とでも言うべきところを、「源氏物語」だか「枕草子」に書いてあるからと、「紅葉狩り」とか言って、それが雅とか風流とか、そんなつもりでいるだけか。

なんだか佐兵衛はがっかりした。なんで紅葉を見に行くだけのことで、こんなに気を揉まなきゃいけないんだ。宗匠も「紅葉狩り」なんて言わずに、「紅葉を見にいきませんか」と言えばいいんだ。しかも、「行かない」と言ったら、「残念」を連呼して、たかが紅葉に一体なんなんだ。腹立たしく思う一方で、肩の荷がおりたような気がした。

紅葉を見るだけに、わざわざ品川まで行くことはないじゃないか。断わってよかったんだ。

「で、大家さん、いかがですか」

およしは言った。

何がいかがなんだ？

紅葉狩りに行かないかって？　別に時間が取れないわけではないが、紅葉を見に品川まで出掛けるような粋人ではない。

「どうも御用繁多なものでな」

あくまでもここは忙しいことにして、角を立てずに断わろう。

だが、佐兵衛が「御用繁多」と言うと、およしはがっかりした表情になった。

おいおいおいおい。がっかりすることはないだろう。それともそんなに紅葉が見たいのか。

ただの赤い葉っぱだぞ。

「繁吉（しげきち）がね、奉公に行くんです」

およしがポツリと言った。

繁吉？　確か、又吉とおよしの上の子だ。それが奉公に行くのと紅葉狩りとどんな関わりがあるんだ？　いや、繁吉が奉公に行くってどういうことだ。繁吉は又吉の跡を継いで経師屋になるんじゃないのか。

「大家さんには、全部決まってからご報告しようと思っていたんです」

およしが言った。

「繁吉はあんまり手先が器用じゃないもんでね」

繁吉は手先が器用でないというよりも、大雑把（おおざっぱ）な性格で職人には不向きだというのだ。聞いてみたら、又吉もはじめはそんなに器用ではなかったんだそうだ。又吉の父親は棒手振（ぼてふ）り商人（あきんど）で、又吉の将来を考えて、手に職があったほうがいい収入が得られると経師屋の親方に弟子入りさせた。丸十年厳しい修業のおかげで腕のいい職人になったのだ。

「亭主は繁吉も、ちゃんと修業をすればいい職人になれると言うんですけれどね。当人がね……」

繁吉当人が自分の性格を自覚し、職人よりも商人になりたいと言い出した。

「でね、大家さんにご相談申し上げようかと思っていた矢先に」

たまたま、およしが昔女中奉公をしていた材木問屋の奈良屋（なら）のお嬢様とばったり会ったというのだ。

「私が奉公していた頃は小さなお嬢様でしたけれど、今ではお婿さんを迎えて、立派な奈良屋のお内儀様で」

奈良屋の内儀から、「知らない家に奉公にやるよりは、うちに奉公すれば安心だろう」と言われたそうだ。

「奉公に行くとなると、五年、十年は戻っては来られないでしょう。だから、亭主と子供たちとで、宗匠のお供に加えてもらって紅葉狩りに行かれたら、いい想い出になるって思ったんですよ」

仲のいい家族だ。又吉はどんなに忙しくても、飯の時間は家族で過ごしているらしい。子煩悩なのか、三人の子供を湯屋に連れて行くのは又吉だ。初夏には繁吉が五歳くらいになった時からずっと、一日休みをとって家族揃って浦安あたりに蜆掘りに行っているらしい。

確か又吉が経師屋の修業に行っていた一七、八歳の時だ。又吉の両親は流行病で亡くなった。修業先は目と鼻の先だったが、又吉は両親の死に目に会えなかったんだ。だから、繁吉を奉公に出す前に、家族で紅葉狩りに行って想い出にしたいのか。

いや、待て。なんでそうまで可愛い子供を奉公なんぞに出すんだ。奉公は辛いぞ。又吉も経師屋に弟子入りしていたし、およしも女中奉公していたんだ。辛いことは承知だろう。奉公に行っている間は、好きな絵草紙も読めなかったんじゃないのか。

よしんば繁吉に職人の才能がなかったとしても、経師屋の又吉の看板で仕事がたくさんあるんだ。又吉が死んだあとだって職人を雇ってでも、繁吉は経師屋の親方としてやってゆけないことはない。なんだって、わざわざ苦労をさせるんだろう。

だが、それをいま、およしに言ってもしょうがない。

「講中だけの集まりには亭主や子供たちは連れてはいけませんよ。でも、大家さんが行ってくださるなら、私たちも家族で気兼ねなく行かれるんですけれど」

およしは佐兵衛をじっと見つめた。

「なんとかなりませんか、大家さん」

一行は十三人という大所帯になった。

宗匠と、その噺家の弟子の瀧川鯉団子(こいだんご)、鯉団子は一行の世話係に宗匠が連れて来た。

「今日は皆様のお世話係で連れて参りました、弟子の鯉団子です」

宗匠が一同に弟子を紹介した。

鯉団子は寄席に出ていて、踊りが達者だと宗匠が言った。この時代、噺家は立って踊ることは禁じられていた。立って踊ることが許されたのは、歌舞伎役者だけで、芸人を生業としていても噺家は町人の身分だった。だから、当時の噺家の踊りは膝立ちで上半身だけで踊った。明治になってから、立って踊ることが許され、「すててこ」や「へらへら踊り」などの噺家ならではの珍芸の舞踊が流行ったのである。

「私、あなたの踊りを見ましたよ」

講中の一人、近江屋六兵衛が言った。近江屋はこのところ寄席通いが楽しみらしい。

「ほら、神保町の噺茶屋に出てましたでしょう」

「ええ。噺茶屋では毎月独演会をやらしていただいております。是非、ご贔屓に」

鯉団子は愛嬌をふりまいた。

「あんたの踊りは実に面白かったよ」

「ありがとう存じます」

「踊りでなく、噺で喜んでもらえないといけませんな」

早速、師匠である宗匠からの小言である。

他の参加者は、講中からは、さきほどの噺好きな質屋の近江屋六兵衛に、やや年齢の若い紙問屋の美濃屋清吉、無役の旗本の佐々木権兵衛、彼は仇名で「権殿」と呼ばれている。武ばったところのない気さくな老人だ。それに、佐兵衛、又吉一家が又吉、およし、繁吉に、女の子がおたえ、下の男の子はまだ三歳の達吉。

最初は講中四、五人で行くはずだったのが、佐兵衛と又吉一家が参加することになり、他にも佐兵衛の家作から二人参加者が増えた。裏長屋に住む風流好きの隠居の次郎吉、独り者の若い男、市松だ。

お江戸日本橋七つ立ちなどというが、七つは午前四時だ。そんなに早くに出てもしょうがないので、明け六つ（午前六時頃）に出発した。

明け六つはしらじらと夜が明ける時刻である。

「この度は私どもも連れて行ってもらえて、ありがたいお話です」

次郎吉隠居が言った。

「いえいえ、ご隠居、これを機会に是非、中の会に遊びにいらしてください」

宗匠が言った。なるほど、宗匠が佐兵衛を執拗に誘った理由はそういうことか。講中以外の、佐兵衛の知り合いを中の会に誘おうというのだ。事実、およしは佐兵衛の紹介で講中に入った。毎回、天地人に選ばれる逸材であり、亭主が経師屋で、他の講中に喜ばれた。宗匠自身も何か書を表装してもらったらしい。日頃世話になっている宗匠だから、又吉もいくらか安く表装を引き受けたのではなかろうか。

町役人で顔の広い佐兵衛がいると、人の繋がりが増える。狂歌よりも人の繋がりを増やすために入る者もいる。宗匠はいろんな意味で如才(じょさい)ない人物なのだ。

「うちも子供たちを連れて来ればよかった」

又吉一家を見て、美濃屋が言った。

「うちもね、八つを頭に三人子供がいるんですよ」

「美濃屋さんにそんなにお子様がいらっしゃるとは存じませんでした」

「私は手代上がりの入り婿なんで、子供が出来なければ家を追い出されちまうから、頑張りましたよ」

美濃屋の身代は、清吉の手腕で大きくしたということを、講中は知っている。なのに「入り婿」だの「追い出される」だの、おどけて言っているのだ。

「決して皆様のご迷惑にならないようにいたします」

又吉が丁寧に挨拶した。

「いやいや、躾のゆき届いている、いいお子様たちです」

宗匠も笑顔だった。

「では皆様、そろそろ参りますかな」


約半刻ほど歩いて、一行は高輪の大木戸までやって来た。

陽が昇り、あたりはすっかり明るくなっていた。

宗匠が先頭、そのあとを佐兵衛と次郎吉、美濃屋。美濃屋が次郎吉に、狂歌の面白さを語っている。そのあとを又吉一家、およしが小さい子供たちの手を引いている。

そのあとから、権殿と近江屋と鯉団子、鯉団子の寄席の話を、二人は楽しそうに聞いている。さらにあとから黙って付いて来る市松がいた。

さらにしばらく歩くと、八つ山に掛かった。ここは小高い丘になっていて、上まで登ると先に品川の海の眺めが広がった。

海が朝陽に輝いてキラキラしていた。

「綺麗！」

最初に声を上げたのは、又吉の娘のおたえだった。

「いや、まったく美しい景色です」

次郎吉が感嘆して言った。

「ほう」

佐兵衛も思わず声を漏らした。

輝いている海なんて、意識して見たことはなかった。やはり、ちょと足を延ばしてみると、知らない景色が見られる。人が何故旅をしたがるのかが、少しはわかったような気がした。

「鯉団子」

「へい」

宗匠が鯉団子に何か耳打ちすると、鯉団子は小走りで坂を下って行った。

「皆さんはゆっくり参りましょう。宿場を抜けたところの料理屋さんで一休みしますから、それまでお子たちも頑張って歩いてくださいよ」

宗匠が子供たちに優しい言葉を掛けた。

品川の宿場町に入ると、プンと潮の香りがした。

品川宿は東海道第一番目の宿場として栄えた。

街道に沿って、海側に旅籠が建ち並んでいる。そして、旅籠の裏はすぐ海である。つまり、どの旅籠も二階の窓から海の眺望を楽しむことが出来るのである。

「いや、若い連中が品川に来たがる気持ちがわかりますな」

近江屋が言った。

「いい眺めに、うまい魚、それから……」

「若い者でなくとも、近江屋さんが来たいのではないですか」

美濃屋が言った。

「確かに。いい眺めと、うまい魚を食べに、是非ゆっくり来たいものです」

近江屋が言うと、

「私たちは帰りますが、お時間のある方はしばらくこちらへ逗留なさっても構いませんよ」

と宗匠が言ったので、一同は笑った。

「時間はあっても貧乏旗本だ。逗留する銭がない」

「権殿、いくらかお貸しいたしましょうか」

質屋の近江屋が言ったので、また一同は笑った。

八つ山から一足先に急ぎ足で宿場に行っていた鯉団子が戻って来た。

「宗匠、用意は整っております」

「そうですか。では皆さん、ちょっと休憩いたしましょう」

鯉団子が先に立ち、一行は宿場を抜けたあたり、妙国寺（みょうこくじ）前にある料理屋「磯甚（いそじん）」に立ち寄った。


二階の窓からは海の眺めが広がり、遠く房総（ぼうそう）や三浦（みうら）半島が見えている。

ここで一服してから、紅葉の名所の海晏寺へ行くのだ。

宗匠は何度か品川に来ているのだろう。猥雑（わいざつ）な宿場を抜けたところで、十三人が楽に入れる座敷のある料理屋があることを知っていて、ここを休み場所に考えていたのだ。一刻近く歩いて来たのだ。子供や年寄りもいる。こうした休み場所があればありがたい。宗匠が先達になってくれているから、ゆったりとした気分で紅葉狩りを楽しむことが出来るのだ。

又吉は三人の子供を連れて、料理屋の裏木戸から海辺へと降りて行った。

およしは二階の窓から、又吉と子供たちが遊んでいるのを楽しそうに見ている。

宗匠は酒と貝の佃煮(つくだに)と品川の海苔(のり)を注文して、近江屋、美濃屋、権殿と酒盛りをはじめた。

「ご隠居もいかがですか」

宗匠の誘いに次郎吉は、

「ええ、ありがとうございます。ですが、昼酒は体によくない。私はこちらのほうで」

と、出された饅頭を食べながら、茶を飲んだ。

「では、あなたは……、確か」

「市松です」

若い男の市松も、

「私も甘味のほうが」

と答えた。

佐兵衛も昼酒はためらわれた。しかもまだ四つ(午前十時頃)にもなっていない。

「佐兵衛さんも甘味でございますか」

宗匠が聞いた。

「ええ。こんな時間から酒を飲んだことはございません」

佐兵衛は答えた。

「昼酒は楽しいものですよ」

近江屋が言った。

何を言ってやがる。あんたがこうして紅葉狩りに来て昼酒を飲んでいる間も、あんたの店の奉公人は額に汗して働いているんだ。紅葉狩りは世間の付き合いだからともかくも、朝っぱらから酒を食らって「昼酒は楽しいものですよ」と言っている近江屋、そして、一緒に飲んでいる美濃屋、まともな商人のやることではない。美濃屋は近江屋に付き合って飲んでいるんだろうが、それでも褒められたことではない。美濃屋は入り婿で手代上がりのはずだ。奉公して丁稚(でっち)の苦労を知っていても、旦那という地位になってしまえばこの有様だ。奉公をしたからって、下の者の気持ちがわかるわけではないんだ。

旗本の殿様はよくわからないが、酒をすすめている宗匠にも、佐兵衛は腹を立てていた。殿様も宗匠も奉公人の辛さは知らない。そういう苦労をしたことがない連中だ。だが、そんなことをいちいち怒ってもはじまらない。

「ちょっと厠(かわや)に行って来る」

を見上げた。

佐兵衛はすぐ横にいた市松に声を掛けて席を立った。市松が怪訝な顔で佐兵衛を見上げた。

佐兵衛は厠に行かず、料理屋の裏手に出た。木戸を開けると、そこには石垣があって、その先はもう海だった。石垣の下で、又吉と子供たちが遊んでいた。

「又さん、ちょいと話がある」

やはり佐兵衛は又吉に言わなければいけないと思った。

又吉とおよしが繁吉を奉公に出すという件だ。何も倅に無駄な苦労をさせることはない。

「お前たち、むこうで遊んでな」

又吉に言われ、

「たえ、達、むこうで遊ぼう」

繁吉が弟妹を誘って、石垣のほうへ走って行った。

「石垣に登るんじゃねえぞ」

又吉が子供らに声を掛けた。

「すみません、大家さん、繁吉のことですね」

大家は勝手に繁吉の奉公先を決めたことに怒っている。又吉は思ったのだろう。

「大家さんに相談もせず、女房が勝手に決めちまいやして」

と頭を下げた。

そんなことはちっとも怒ってはいないんだ。自分たちの息子をどこに奉公に出そうが、そんなのは構わない。まして奈良屋は大店だ。文句のあろうはずもない。

だがね、これは子供を持つ親の素朴な疑問だ。別に奉公に出さなくたっていい身分の又吉が、なんだって可愛い我が子を奉公に出すんだ。

「なんでわざわざ辛い奉公に出すんだ」

佐兵衛は単刀直入に思っていたことを又吉にぶつけた。

「それは大家さん、決まっているじゃないですか」

又吉は答えた。

「あいつがまっとうに生きてゆくためです。商人でも職人でも、あいつがまっとうに生きるための術(すべ)を身につけさせてやりたいから、奉公に出すんです」

「だったらお前が教えてやればいいじゃないか。お前が襖(ふすま)の張り方を教えてやればいいだけじゃないか」

教えられる技があるんだ。自分が教えて、何もわざわざ他人の飯を食わせて苦労をさせることはないんだ。

佐兵衛自身がいまだにわだかまりに思っていることがある。

佐兵衛は元の名を佐吉と言って、先代佐兵衛の息子として生まれた。先代佐兵衛も親代々の家主、茅場町界隈に何軒もの長屋を持っていた。家賃収入もそこそこあり、また川越(かわごえ)あたりの百姓が肥(こえ)を汲(く)みに来て、その肥代として野菜を置いてゆく。茄子(なす)二百個とか、大根百本とか。それを霊岸島の店で売ったりもしていた。長屋の差配をするために番頭を一人、八百屋(やおや)の店には丁稚も一人か二人雇っていた。他に女中もいた。また、町役人にも任じられて、ほぼ無報酬で町内の世話を何かと焼くのも仕事だった。

佐吉は裕福な家主の家で何不自由なく暮らし、時期が来たら家主と町役人を継ぐものだと思っていた。

ところが佐吉が一〇歳の時だ。

「町役人になるなら、世情に通じてなくては駄目だ。苦労の一つもして来い」

先代佐兵衛の一言で、佐吉は湯島の袋物問屋、丹後屋に丁稚奉公に出されたのだ。

それまで乳母日傘で暮らしていたのが、丁稚の生活を送ることになった。煎餅蒲団に寝て、味噌汁と二品ほどのおかずしかない箱膳の飯を大急ぎで食べる。

「苦労の一つもして来い」と親父は言ったが、苦労は一つどころではなかった。

丁稚に行ったのが秋のことで、すぐに冬になった。冬になっても丁稚は足袋を穿くことは許されない。綿の入った着物なんぞはもってのほかで、木綿の仕着せだけだ。それこそ、明け六つには起きて店の掃除だ。冷たい水で雑巾を絞って格子を磨いたりする。皹を切らせて、辛い毎日を送った。

逃げることは許されない。逃げる場所もなかった。

勿論、算盤や読み書きは教えてくれる。それは何も、丁稚奉公をしなくても寺子屋でも習えることだ。

算盤は教えてもらえるというよりは、実践で学ぶ。毎日、夜遅くまで、黙々と計算をさせられる。一〇歳の佐吉には眠く、居眠りしながら算盤の玉をはじいていたこともあった。

佐吉は父親を恨んだ。他の丁稚たちは、浦安あたりの百姓の子供だったり、棒手振り商人の子供だったり。丁稚奉公して商売のやり方を覚えて、それを生きる糧にしたいと思う奴らだ。そうして丁稚から、手代、番頭と出世して、うまくすれば暖簾を分けてもらって店の主人になる道も開けるかもしれない。美濃屋みたいに店の主人に認められてお嬢様の婿になるなんていう可能性もないわけではない。この時代、商家に関しては世襲ではなく案外、実力主義だった。ここで辛抱すれば、もしかしたら明るい未来が待っているかもしれない連中だ。

佐吉は黙っていてもその地位になれるはずなのに。なんで自分も、奴らと一緒に「辛抱」をしなければならないのだ。

そう思ってもどうすることも出来ない。掃除も算盤も、番頭や手代に言われるままにやるしかなかった。

辛抱した。丁稚奉公とは、ようは「辛抱」だ。辛抱を体験することなんだ。

でも、そうした辛い日々は、長屋の人たちは皆経験していることで、それを知っているのと知らないのとでは、確かに人々との接し方も違うのかもしれない。

そう言われればそうなのだが、一〇歳の佐吉には納得がゆかなかった。納得はゆかないが「辛抱」するしか道はなかったのだ。

いや、いまだに佐兵衛は「辛抱」が自分の人生の糧になったなどとは微塵も思っていない。

三年経った。もういいんじゃないか。そろそろ家に戻して欲しい。だが、佐兵衛は「帰って来い」とは言わなかった。佐吉は「辛抱」を続けた。

　さらに四年が過ぎ、七年経った。佐吉は手代になった。

「この際だから、いろいろ商売の機微も覚えておいて損はなかろう」

　丹後屋の主人は言った。

　足袋を穿くことを許され、飯もゆっくり食べても文句は言われなかった。給金がもらえるから、店で出るもの以外の、少しはうまいものも食べられたが、店に寝泊まりし、朝から晩まで働く毎日は変わらない。

「次に来る時も、佐吉、お前が参れ」

　大名の留守居役から佐吉に指名が掛かることが多くなった。佐吉は商品を勉強し、丁寧に説明をしたので客の評判がよかった。他の者が十両の商売をまとめてくる間に、五十両、百両の商売をまとめた。手代の中でも一番に商売の機微に通じているんじゃないかと思った。

　また、七年経った。佐吉は番頭になった。

　番頭になったら、三畳間だが個室が与えられた。給金が歩合になった。佐吉が丹後屋の取引で上げた利益の三分（三パーセント）が給金に加算された。

もういいや。町役人になんぞならなくても。俺は袋物の商売で身を立てよう。佐吉は思った。

実際に丹後屋は大名家にもお出入りをし、大きな商売をしていた。わずかな家賃収入と、野菜の小売でちまちま商売をし、ほとんどの時間を人別やら町内の世話焼きで過ごす町役人よりも、袋物問屋の暖簾を分けてもらって商売をしたほうが稼ぎはいいはずだ。

番頭になって二年で、丹後屋の大名家との取引の七、八割は佐吉が担当していた。佐吉は少ない時でも月に三両、多い時では十両は給金をもらっていた。勿論、丹後屋の暖簾があるから商売が出来るのだが、佐吉がいなくなれば丹後屋も困った。

また七年経った。同僚が次々に暖簾を分けてもらい、袋物屋として独立していった。

佐吉よりもあきらかに商売の機微に通じてない奴が、店の主人として独立し、客として丹後屋にやって来る。どういうことだ？

「いや、佐吉どんは、いずれ茅場町の大家さんを継ぐ身だから。ここにいるのはあくまでも修業だから」

　丹後屋は言った。

　そんな修業がいつまで続くんだ。

　佐吉は三五歳になっていた。その間、惚(ほ)れた女がいなかったわけでもない。だが番頭の身分では所帯も持てないと諦めた。

「私もそろそろ還暦(かんれき)だ。ここらで町役人を倅に譲ろうと思うが、どうだろう」

　父が言ったのは、佐吉が三七歳の秋のことだった。

　なんだよとも思った。私がいないと丹後屋も困るんだ。町役人なんか継がなくていい。丹後屋の番頭で一生送ります。言おうと思ったが。今の自分と同じくらいだった父が還暦になっているのを見たら何も言えなかった。

「お前なんかまだ半人前だから心配だが」

　父親はまだそんな調子で、佐吉に町役人を任せるのは不安だと言うが、語気が弱かった。

　半年猶予をもらい、手代頭の藤吉に取引先を引き継いだ。

　番頭を辞めて霊岸島の家に住み、ようやく嫁を迎えた。相手は父親のすすめる娘で、佐吉より一五歳も若かった。おそらく父親からは白髪交じりの佐吉が三〇歳くらいにしか見えていないのかもしれない。

「少しはいろんな人のことを見て来たのか」

佐兵衛は言った。

少しどころじゃない。大名から丁稚まで、いろんな人と会った。いろんな人のイキザマを見て来た。

「なら、それが少しは役に立つってぇもんだ」

こんなに「辛抱」を重ねて、「少しは役に立つ」ってどういうことだ。

確かに多くの人のイキザマは見たし、袋物の商品には詳しい。だが、それが町役人の事務仕事に役に立つことはない。辛抱を経験しているから、他人に優しくなれるわけでもない。むしろ要領のよくない奴を見ると苛っとした。

それからまた十年が経った。

佐兵衛を見送り、自分が佐兵衛になった。

佐兵衛の五十年近い人生の中で、二十七年が奉公だった。半分以上、ただ「辛抱」をして過ごした。

ただ番頭になってからの十年で三百両近くの貯金があった。普通はそれが暖簾分けの資金になる。

佐吉は茅場町の家作をぐるりとまわり、あちこち傷んでいるのを知り、三百両使って修理や補強を行った。奉公で役に立ったのはそのくらいだった。

「繁吉が職人に向かないんなら、いくらか銭を出してやって、小商売でもさせてやればいいだろう」

佐兵衛は言った。

「小間物屋とか、荒物屋とか。何も奉公させなくても、俺はいいと思うがな」

「そんなに世の中は甘くはありません」

又吉が強い口調で言ったので、佐兵衛は驚いた。

いや、世の中が甘くないんだ。親が自分の子供に甘くたっていいじゃないか。近江屋だって宗匠だって、苦労なんか微塵もしていない。丁稚で苦労したって、美濃屋みたいに地位を得れば苦労していたことなんて忘れちまう奴だっている。苦労がすべて身になるとは限らない。

「実は私もそう思わなくはなかったんですよ」

又吉は言った。

「何も苦労はさせなくても、自分が苦労したぶん、倅は楽をしてもいいんじゃないかとね」

「だったら奉公に行かせることはないだろう」

「でもね、大家さん、先代の大家さん、あんたのお父つぁんが生きていたら」

親父がどうしたと言うんだ。親父が生きていたら。

「人の道を教えるためにも、繁吉は奉公に出したほうがいい」

と言うに決まっている。

奉公に出して、一苦労させて来い。

「親父は奉公が一苦労だと言うが、一苦労じゃねえ、二苦労も三苦労もあるってことを知らねえで言ってるんだ」

「大家さん」

「なんだ、又さん」

「あんた、お父つぁんにそっくりだね」

嫌なことを言いやがる。あんなわからず屋の癖（くせ）に世間の何でもわかったような顔をしている親父と私のどこが似ていると言うんだ。

「いつも長屋の皆のことを考えている。そして小さなことでも、いちいち世話を焼いてくれる。まったくお父つぁんと同じだ」

人生に正解なんてない。繁吉が奉公に行き、辛抱して暖簾分けしてもらって一人前の商人になるかもしれないし、奈良屋の番頭として一生を終わるかもしれない。あるいは辛抱出来ずに、家に戻って来るかもしれない。又吉のもとへ残り、又吉が資本を出して小商売をはじめても、うまくゆくかもしれないし、うまくゆかないかもしれない。

どうなるかなんかわからないけれど、繁吉のことを考えてくれて、自分がいいと思ったことを「こうするべきだ」と言いに来る。佐兵衛親子はまったくよく似ていると又吉は言った。

「私は来年四〇(しじゅう)になります」

又吉が言った。

「もしも、あいつが一人前になる前に死んじまったら。それが心配なんですよ」

又吉の親は四〇そこそこで流行病で死んだ。それでも又吉が生きてこられたのは、経師屋の親方のもとで修業した技があったからだと又吉は以前から言っていた。確かにそうかもしれない。又吉の親が死んだ時、又吉はまだ経師屋の内弟子だった。先代佐兵衛が葬式を出した。それが大家の務めだと、先代佐兵衛は言っていた。

「私は、経師屋の仁助(にすけ)親方と、大家さんのお父つぁんには感謝しても仕切れないんですよ」

親の死んだ又吉が親方の内弟子から通いになった時に、霊岸島の九尺店に住まわせてくれたのも先代佐兵衛で、先代佐兵衛の世話で又吉とおよしが一緒になれた。全部佐兵衛のお節介のおかげである。

親方のもとから独立した時に、又吉にはすすめる人がいて、別の場所に仕事場を作らないかと言う話もあった。でも佐兵衛の家作に住めるならと、茅場町の家作が二つ空くのを待って仕事場にした。

自分の倅には「辛抱」させといて、他人の倅の面倒は見ていたのか。まぁ、それが親父らしいと言えば、親父らしいのかもしれない。

「だから、大家さんが心配してくれるのはありがたいですが、私は先代の大家さんが生きていたら、繁吉を奉公に出せと言うんじゃないかと思うんですよ」

「勝手にしろ」

佐兵衛はちょっとだけ、先代佐兵衛の苦虫を噛(か)み潰したような顔を思い出した。

私と親父が似ている？　私はあんな面じゃないよ。

「ねえ、大家さん、お願いがあるんです」

「なんだ改まって」

「もしも私らが死んだら、子供たちのことはよろしくお願いします」

又吉は真剣な眼差しだった。

馬鹿野郎。お前は四〇で、俺は五〇だ。死ぬのは俺のほうが先だろう。と、佐兵衛は思った。

「でもほら、大家さんはしぶとそうだから」

佐兵衛の気持ちを察したかのように、後ろから、およしが声を掛けた。

二階から、佐兵衛と又吉が話をしているのを見て、およしが心配して降りて来たようだ。

「なんだ、お前たち！」

佐兵衛に思わず笑みがこぼれた。

繁吉が辛抱してやってゆける、又吉もおよしもそう思うから奉公に出すんだろう。性に合わない職人仕事を覚えたり、苦労せずに小さな商売で生きてゆくより、奉公して商人として成功する道も、もしかしたらあるかもしれない。駄目だったらその時、小商人になる道もある。奉公は繁吉の可能性を広げるかもしれない。だったらもう口を挟むことはあるまい。佐兵衛は思った。

そこへ、たえと達吉が走って来た。

「ねえ、これ、あのおばちゃんにもらった」

たえの手に饅頭が握られていた。

しばらくして繁吉が来た。

「もらっちゃいけないって言ったんだ」

繁吉が訴えるように言った。

佐兵衛、又吉、およしが繁吉たちの来たほうを見ると、一人の女が立っていた。

近くの旅籠の飯盛り女らしい。

おそらく繁吉たちが遊ぶのを見ていて、可愛らしいと思って、親切心から饅頭をくれたのだろう。

繁吉はそれが、もらってはいけない人がくれた饅頭であることをなんとなくわかっていたようだ。だから「もらってはいけない」と言ったが、弟妹は饅頭が食べたいから、繁吉の言うことを聞かずに走って来たようだ。

「部屋に戻ればいくらでもあるんだ。そんなものは捨てちまえ」

佐兵衛が言った。

「いや、大家さん」

又吉が佐兵衛を止めた。

「食べていいんだよ」

「食べていいの？」

「食べていいんだ」

首をかしげる繁吉に又吉が繰り返して言った。

「お前たち、おばさんにお礼は言ったのか？」

「言ってない」

「ものをもらったらお礼を言わなければ駄目だ。たえも達もわかったな」

「うん」

繁吉は弟妹を連れて、飯盛り女のもとに走って行った。

繁吉たちが女に礼を言うと、女も丁寧に又吉たちに頭を下げた。

「おい、あんな女と関わっちゃいけねえ」

佐兵衛が言うと、又吉は「ははは」と声を出して笑った。

「大家さん、お父つぁん、そっくりだ」

およしも横で笑っていた。

「大家さんは、あの女の人を不浄な女だと思っていらっしゃるんでしょう」

「当たり前だ。あんな女の饅頭を食わせる親がいるか」

「大家さんは多分、ああいう女の人と間違いをしでかしたことなんてないんでしょうね」

又吉が言った。

「私はあるんですよ。だから、あの女たちがね、私たちと同じ人間だっていうことを知っているんです」

何を言っていやがる、佐兵衛は思った。

又吉が不浄の女と間違いがあったことを、およしは知っているのか。

いや、真面目で子煩悩の又吉が女郎と間違いがあったことが信じられなかった。

「およしと一緒になる前の話ですがね」

又吉は言った。

「ちょっとあの女、面影が似ていたんで、ふとそんなことを思いました」

「似ていた？」

「おひろに」

佐兵衛は思わずおよしを見た。

およしはただ微笑んでいた。

「大家さんだって、先代の大家さんだって、本心では不浄だなんて思ってはいないんでしょうけれど、ね」


「磯甚」を出た時に、一行は十一人になっていた。

なんと飲みはじめた近江屋がすっかり出来上がってしまい、

「私は紅葉はようがす。もう少しここで飲んで参ります」

と言い出し、

「私が近江屋さんのお付き合いをさせていただきます」

と美濃屋が残った。

「仕方がございませんね」

宗匠はそう言ったが、近江屋が残ることにたいして驚いてはいない様子だ。

「美濃屋さんにはお気の毒ですが」

「赤い紅葉は見られませんでしたが、近江屋さんの赤い顔でも拝(おが)んでおきます」

美濃屋は笑っていた。美濃屋にしてみれば、紅葉を見るよりも近江屋に恩を売っておいたほうが得だという算盤勘定が働いているのかもしれない。

「海晏寺には八つくらいまでおりますので、気が向いたら、あとからでもいらしてください」

鯉団子が言った。

「磯甚」を出て、一町も東海道を行くと、品川寺（ほんせんじ）の入り口に江戸六地蔵の一つ、品川の地蔵がある。

江戸六地蔵は、江戸の六つの入り口に建てられた地蔵で、品川寺の他は、中山道は巣鴨の真性寺（しんしょうじ）、奥州街道は東禅寺（とうぜんじ）、甲州街道は内藤新宿の太宗寺（たいそうじ）、水戸街道は深川白河の霊巌寺（れいがんじ）、千葉街道は深川富岡八幡（とみおかはちまん）宮にあった。

品川寺の地蔵を右に曲がると、小高い丘が目の前にあり、そこが一面紅葉の赤で染まっていた。

この丘の中腹に海晏寺があり、丘は全部、寺領だ。

一同は思わず立ち止まった。

「来てよかった」

声を漏らしたのは次郎吉隠居だった。

何度も来ている宗匠以外は、この景色のあまりの美しさに声すら出なかったのだ。

「山が燃えてるようだ」

又吉が言った。

「いや、これほどとは思わなかった」

権殿までもが感嘆した。

「さぁさぁ、皆さん、山の上まで行ってみましょう」

宗匠がうながす。

「上からの眺めも絶景ですぞ」


茶店の並ぶ参道を抜けて、石段を登る。たいして高い丘ではないので、すぐにてっぺんに着いた。

山裾に広がる紅葉も美しいが、遠くに広がる品川の海がまた絶景だった。

「わしはここで失礼いたす」

権殿が言った。

「ここまで来たのだから、池上本門寺（いけがみほんもんじ）に参りたいと思う」

海晏寺の裏手を行くと、大井村(おおい)。その先に平間(ひらま)街道がある。東海道と並行している古い道で、池上を抜けて多摩の丸子(まるこ)村まで通じている。本門寺までは一里とちょっとである。

「下の茶店で紅葉を眺めながら一献と思いましたが」

「我儘(わがまま)を申してすまぬ」

「私もお供させていただいて構いませんか」

次郎吉老人も言った。

「私も法華(ほっけ)の信者なもので。一度池上にもお参りしたかったもので」

江戸に永く住んでいても、目と鼻の先の品川や池上にも、なかなか来られるものでもないのだろう。

「足弱が同道してはご迷惑とは思いますが」

「いやいや、道中話し相手がいたほうが、わしも楽しい」

気さくな殿様である。

「宗匠、今日はありがとうございます。冥途(めいど)の土産に、いいものが見られました」

次郎吉は心から喜んでいるようだ。

「是非、狂歌の会にもお出掛けください」

宗匠は笑顔で愛想を言った。

権殿と次郎吉老人は大井村のほうへ歩いて行き、佐兵衛たちはしばらく丘の上で眺めを楽しんだ。

繁吉たちは最初こそ絶景に目を白黒させていたがすぐに飽きて、そこらへんを走りはじめていた。


丘を下り、参道の茶店に入ったのが、ちょうど昼時だった。

「大家さんも又さんも、そろそろ一献参りましょう」

宗匠は酒を注文した。

「あとは帰るだけですからな」

天ぷらが出て来た。品川で獲れた穴子(あなご)や蝦蛄(しゃこ)、野菜の天ぷらもある。

「では、いただきますか。ねえ、又さん」

帰るだけと言われ、天ぷらが出て来た。近江屋も美濃屋も権殿も消え、宗匠一人で飲むのも寂しいだろう。浮世の付き合いで、飲むしかあるまい。佐兵衛は酒を飲み、又吉にもすすめた。

たまには昼酒もいい。そう宗旨変えをさせたのは、紅葉の絶景にある。浮世のことはもうよかろう。今日は「紅葉狩り」に来たんじゃないか。茶店からは紅葉の丘が綺麗に見える。紅葉を肴に飲むのも悪くはない。

だが、紅葉も散々見たし、天ぷらもうまかったので、飲みはじめたらほとんど紅葉は見ていなかった。

風流は似合わない。これだから狂歌が天地人に選ばれないんだと佐兵衛は思った。

繁吉たちは天ぷらを食べるのがはじめてだったのか、「うまい」「うまい」を連呼し、気がついたら、とっとと食べてしまっていた。

「ガキどもを遊ばせて来ます」

又吉は繁吉たちを連れて出て行った。

子供たちを見送ると、

「宗匠、あっしらはここで」

鯉団子が宗匠に耳打ちした。

「あー、いってらっしゃいよ」

鯉団子と市松が姿を消した。

「若い者は別の楽しみがあるようですな」

宗匠が小声で佐兵衛に言った。

そういうことか。ここは品川だ。さっきの飯盛り女のような女がいくらもいるんだ。若い市松がなんで紅葉狩りの一行にいるのかと思ったら、はじめから、そういう目的があったのか。

「鯉団子の奴が誘ったようで」

宗匠の話では、品川宿から西に半里ほど行った五反田(ごたんだ)村で、品川とは違った遊びが出来る場所が新しく出来たらしい。

「若い者はいろいろな遊びを知っているようですな」

気がつくと、十三人いた一行が、宗匠と佐兵衛、又吉一家の七人になっていた。そして、茶店には、宗匠と佐兵衛とおよしの三人だけだった。宗匠はゆっくり飲んでいる。およしは矢立をとり出して何か書いている。紅葉の山の印象でも書きとめているのだろうか。やはり天地人に入る狂歌を作ろうと思ったら、そのくらいのことはしなくてはいけないのか。

昼酒が効いて来た。佐兵衛は酒を飲むのも止めたので、少し手持ち無沙汰だった。

「宗匠は品川で遊ぶことはよくあるのですか」

佐兵衛は何気に聞いてみた。

宗匠はホッホッと笑った。笑ってごまかす気だろう。笑ってごまかしているものをしつこく聞くのは失礼くらいのことは佐兵衛にでもわかっている。わかっているが、なんの苦労も知らず、遊びにはちょいと詳しいなどという宗匠に、ちょっとばかり恥をかかせてやりたい、そんな気持ちが佐兵衛の中にはあった。そんな気になったのは昼酒で少し酔っていたのかもしれない。

「いや、こんなにお詳しいのは、よほど遊びのご修業をなされたのではないかと思いましてな」

佐兵衛は皮肉を込めて言った。宗匠はまた、ホッホッと笑った。また、笑ってごまかす気か。

ところが。

「修業というほどではありませんが」

宗匠は話しはじめた。

「若い頃はもっぱら吉原(なか)に通いました。随分、月謝も使いました」

宗匠が堂々とそんな話をはじめたので、佐兵衛は驚いた。しかも脇には、およしもいる。又吉の女房とはいえ女弟子の前で遊女買いの話をはじめるとは、どういう了見なんだ。

「幇間、あげてのすえの幇間、という奴ですな」

幇間は遊興の座敷を取り仕切る男芸人のことだ。幇間を連れて遊んでいた金持ちが金を使い果たして、散々遊んで覚えた遊芸で糧を得ようと、自身が幇間になってしまう。

狂歌の宗匠で、人気の噺家でもあるが、所詮は遊興渡世。幇間のようなものだと、宗匠は己を卑下して言った。その身分を恥じているわけでもなく、開き直って自慢しているわけでもない。ごく自然に言う。その様が身についている。

実際に宗匠は、佐兵衛や近江屋のどうしようもない狂歌を見ても、いいところを一つ二つは見つけて褒める。褒めるところがなくても、なんか褒める。天に選ばれるおよしの狂歌だって、商売人からしたらたいしたことはないのかもしれないが、褒め千切る。幇間のようなものと言えば、そうなのかもしれない。

宗匠は若い頃は吉原で遊び、狂歌をはじめてからは、先代の宗匠が武州方面の豪農のお弟子が多くいたために、お供でまわり、帰り道に千住や板橋でよく遊んだ話をした。

「ですから、品川はとんと不案内なんですがな。昨年です。友達に誘われて、海晏寺に紅葉狩りに来まして、すっかり気に入ってしまいましてな。是非、皆さんに、とくに大家さんにお見せしたかったんですよ。この景色を」

不案内でもよく知っている。だったら、吉原のことはどれだけ知っているんだろう。

「では、春には吉原の夜桜見物にでも連れて行っていただけませんか」

吉原の夜桜の噂は聞いたことがあった。

「はい。冷やかしに行くだけでも、吉原は愉しいところでございますからな」

宗匠は酒を一口飲んで喉を湿した。

「私は吉原の大門がどっちを向いているかも知らない野暮天ですから」

佐兵衛は言った。「あの男は吉原の大門がどっちを向いているかも知らない」、生真面目で、遊女買いなんかしたこともない男を半分バカにして言う洒落だ。

「大家さんは、好きになった女の人はいなかったのですか」

その時、およしが尋ねた。

好きになった女？

いたよ。いたいた。佐兵衛にもいたんだ。好きになった女が。丹後屋の手代だった頃だ。近所の娘だ。気持ちを確かめたわけではないが、相手の女も多分、佐兵衛に好意を寄せていたのだろう。人を頼んで嫁に迎えることも出来たかもしれない。だが、奉公人の身分では、その手続きが大変だった。店の主人、自分の親の承諾を得てから、相手に話を持ってゆくのだが、おそらく丹後屋にも父親にも「奉公の身分で何を考えているんだ」と言われて、おしまいになる。そうなるに決まっているから、諦めたんだ。

「私だって木石じゃないからね。相手は堅気のお嬢さんだ。ふしだらと言ったら、ふしだらかもしれないが。若気のいたりです」

佐兵衛は言った。

「亭主（やど）は一度だけ、吉原のお女郎さんに迷ったそうです」

およしが言った。

「私が横槍を入れたんです」

そう言って、およしは「あははは」と笑った。

「先代の佐兵衛さんに頼まれた私の師匠に代わって、私がお女郎さんに因果を含めに行ったんです」

宗匠が言った。

そんな話ははじめて聞いた。およしが驚いていないところを見ると、およしは知っていたのか。

又吉とおよしは、先代佐兵衛の仲人で一緒になったと聞いた。ならばきっと、又吉と女郎を無理矢理別れさせたのは先代佐兵衛の仕業だろう。親父のお節介に、佐兵衛は呆(あき)れていた。

「確か、お女郎さんに手切れ金を三両ほど包みました。女郎に手切れ金なんて、あとにも先にもあの時がはじめてですよ」

宗匠は笑いながら言った。

「まったく、どこまでお節介なんだ、親父は」

「違うんですよ」

およしが口を挟んだ。

「大家さんに頼んだのは私なんです」

「えっ、およしさんが？」

「お女郎さんが怖かったんですよ。なんかの時に、又吉がお女郎さんのところに行ってしまうんじゃないかって」

およしは先代佐兵衛に泣きついた。その時、奉公で貯めた三両の金を先代佐兵衛に託した。

「俺がついているんだ。そんな女の好き勝手にはさせない。金なんか仕舞いなさい」

と先代佐兵衛は言ったが、およしは泣きながら金を差し出した。

「何が何でも、二度とお女郎さんに私たちの前に現われて欲しくなかったから」

「佐兵衛さんも困って私の師匠に相談したんでしょうが、いや、師匠も困っていましたよ」

「女って案外ずるいんです。亭主は優しい人だから、多分、お女郎さんと一緒になっても、お女郎さんを幸福にしていたと思います。でもその幸福は、私が横取りさせていただきました」

「横取り」なんていう言葉がおよしの口から出たことが、佐兵衛には驚きだった。

それにしても今日は、紅葉の絶景、又吉とおよしのこと、驚くことばかりだ。

「およしさんは、又さん以外に惚れた男はいなかったのですかな」

宗匠が言った。そんなことを聞くのか。聞いていいのか。

「ええ。勿論、いましたとも」

およしは答えた。

「ほう。よろしければどなたかお聞かせ願えますかな」

「実はね」

「誰ですか」

「私の惚れていた男というのは」

「惚れていた男というのは」

「犬川荘助様」

宗匠は「あはははは」と笑い出した。

誰だ、それは？　私の知らない奴だが、宗匠は知っているのか。佐兵衛は面白くなかった。

「犬塚信乃でなく、犬川荘助というのが、およしさんらしい」

宗匠が言った。

「八犬伝です」

わからない佐兵衛に宗匠が説明した。

曲亭馬琴の読本「南総里見八犬伝」に出て来る、「義」の玉を持つ犬士である。実直で真面目な武士で、兵法にも通じている。

「どことなく又さんに似ていますな」

宗匠が言うと、およしはちょっと顔を赤らめた。およしも猪口に二杯ほど酒を飲んでいた。

七人が茅場町の長屋に着いたのは、ちょうど日暮れだった。

繁吉は最後まで歩いた。たえと達吉は途中から、又吉とおよしがおぶって来た。

「今日は楽しゅうございました。また申の日にお目に掛かりましょう」

宗匠は帰った。

「大家さん、ありがとうございます。いい想い出が出来ました」

およしは佐兵衛に礼を言った。

又吉も佐兵衛に頭を下げた。

「何を言いやがる。大家と言えば、親も同然だ」

佐兵衛は言った。

「困ったことがあったら、いつでも俺に言え」

親ったって、又吉とは一〇歳くらいしか違わない。でも、自分は親なんだ。親父の佐兵衛から、又吉や、他の長屋の皆の「親」を継いで、佐兵衛を名乗っているんだ。

　翌日、昼過ぎに次郎吉隠居が訪ねて来た。

　本門寺を参詣し、門前の木賃宿に権殿と一緒に泊まり、今朝帰って来たそうだ。

「いい冥途の土産が出来ました」

　次郎吉は感謝の言葉を述べた。

　法華のお札を何枚か買って来たらしい。佐兵衛の家は浄土宗なので、法華のお札はいらない。長屋で法華を信仰している者にあげればよかろうと言った。

「実は大家さん、本門寺の西側に、立派な梅林がございます。どうでしょう、来春は皆で梅見に参りませんか」

　吉原の夜桜見物よりは、池上の梅見のほうが自分には合っているんだろう。

　それにしても次郎吉爺さん、「冥途の土産」と言っておきながら、来年の春に「梅見」に行くつもりでいる。この爺さんは当分死ぬことはない、一体いくつ冥途に土産を持って行くのだろうと、佐兵衛は思った。

八つ過ぎに、市松が、

「昨日はありがとうございました」とだけ挨拶に来た。

「首尾はどうだったんだ」

若い者が「遊ぶな」ではない。だが、羽目をはずし過ぎては困る。そう思って聞いたら、

「大家さん、野暮はなしですよ」

と笑って帰って行った。

まぁ、市松は世俗慣れした男である。間違いはないだろうが、やはり心配である。

「今度、宗匠が来た時に、相談してみよう」

佐兵衛は思った。

宗匠は宗匠で、奉公のような苦労ではない、何か別の苦労をして、ああした境地に至っているのだろう。

「お父つぁん！」

六つになる倅の佐助（さすけ）が筆と紙を持って来た。若い女房との間に出来た一粒種だ。

私はこの子には余計な苦労はさせねえんだ。

「お手本を書いておくれ」

佐助は言った。

ほう。これから字の勉強をするのか。偉い偉い。言わなくても、ちゃんと勉強をする賢い子供だ。四〇過ぎて出来た子供だ。甘やかしたって構うものか。他人の飯なんか食わさなくても、苦労なんかさせなくても、この子は立派な佐兵衛になれる。

八つを過ぎた頃だというのに、随分と陽が傾いていた。もうすぐ、また冬がやって来る。

「品川に紅葉狩りに行こうかと思うんだけれど、お前、一緒に行ってはくれまいか」

伊勢屋の女将、あさに言われ、おひろは困惑した。

ここは「千住」だ。品川なんてお江戸の南のはずれだ。北のはずれの千住から品川まで出掛けて行こうというのか。

「品川って言うと遠いと思うかもしれないが、駕籠にゆられて行けば一刻ちょっとで着いちまうそうだ。何、そのくらいの贅沢はさ、永年働いてもらってるんだ。面倒みるから」

あさは言った。

駕籠にゆられて行くんなら楽でいいや。

おひろは千住の伊勢屋という旅籠、と言えば聞こえがいいが、早い話が遊女屋だ。そこで十年近く、おばさんとして働いている。遊女屋では、吉原でも岡場所でも、遊女以外の女性従業員を「おばさん」と呼んだ。

おひろがおばさんになったのは二九歳の時で、それまでは伊勢屋の遊女だった。前のおばさんのおしかが辞めたので、遊女屋の裏事情もわかっていて、何かと気が利くおひろをおばさんにしたのだ。伊勢屋の女将、あさの考えは当たり、おひろは評判のいいおばさんとして勤めてくれている。まだ若いし、あと十年、二十年は店のために頑張ってくれるだろう。あさは、ここらで慰労の意味でも、どっかに連れて行ってやろうと考えていたのだ。

「品川の海晏寺っていうところが紅葉の名所で、山が一面真っ赤になるんだって」

駕籠にゆられて、ホントに一刻とちょっとで品川に着いた。あさとおひろ、それに女だけの道中では物騒だからと、若い衆の和助が供で来た。

昼に千住を出て、八つ前には海晏寺に着いた。これから紅葉を見て、その後は大森の温泉で一泊して、明日また駕籠にゆられて帰るのだ。

ホントに小高い丘が真っ赤に染まって見事だった。

「来てよかったね」

あさが言った。

「ホントに。こんな綺麗な紅葉を見るのははじめて。おかみさん、ありがとうございます」

山の上からの眺めもいいそうだが、駕籠に乗っているのも案外足腰が疲れた。歩くのが辛いとあさが言うので、参道の茶店に入って、一杯飲みながら紅葉を眺めることにした。

「お前、行って来たければ、山の上まで行っておいでよ」

「いえいえ、ここからの眺めで、もう十分ですよ」

いくら景色がいいからって、あの丘の上まで登る気力はおひろにもなかった。

遊女屋のおばさんに山登りは似合わない。

酒と、貝の刺身と、野菜の料理が出て来た。

海が近いので、貝なんかがうまいのだろう。

「駄目だ、そっちに行っちゃ」

男の声がした。

子供が三人、走って来た。一〇歳くらいの男の子に、その幼い弟妹だろう。

和助がすぐに一〇歳の子供を捉まえた。

「駄目だ駄目だ。むこうへ行って遊びな」

酔っ払いの扱いも子供の扱いも、和助は手馴れていた。

子供を連れて茶店の外へ出て行った。

「どうも申し訳ございません」

子供たちの父親らしい男の声がした。

「いえいえ、お子さんは元気が何よりですが、ちょうど私どもの主人が一杯やりはじめたところでして」

「それは失礼をいたしました」

「坊ちゃん、いくつです」

「一〇になります。娘が六つで、下はまだ三つです」

「そうですか。楽しみですな。親は子供の成長が何よりの楽しみでしょう」

「はい。ありがとうございます」

「では、お気をつけて」

「おい、お前たち、むこうで遊ぼう。大きな池があるぞ。では失礼いたします」

父子連れは去って行ったようだ。

「子供は一〇か」

おひろがつぶやいた。

「なんだい、意味深な声出して」

あさが聞いた。

「いえね、千住に来る前、吉原にいた時にね。うふふふふ」

おひろは笑った。

「なんだねえ、思い出し笑いなんかして」

「わかりましたよ」

戻って来た和助が言った。

「吉原で言い交わした男がいて、もしその男と一緒になっていたら、あのくらいの子供がいたんだろう、なんて思っていらしたんでしょう」

「知らないよ」

おひろが中っ腹な口調で言った。

「あー、そういうことか」

あさは笑いながら盃を口に運んだ。

「いやですよ、おかみさん」


家が貧しかったから。おひろは一二歳で吉原に売られた。薄墨という源氏名で、一四歳ではじめて客をとった。それから干支を一まわり。その時に職人の男と知り合って、言い交わした。年季が明けたら夫婦になろうと。実際に年季が明けたら、男は迎えに来なかった。

職人の女房になれる。子供がいて家族でおまんまを食べる。夢が叶うかと思った。そういう人生もあるのかな。でも、夢でしかなかったんだ。

結局、遊女を続けることになり、千住に移り住んだ。千住でも板頭を張ったが、やはり三〇歳に近くなった時、潮時だと思った。この先どうしよう。別の宿場に移り住んで、あとはどんどん落ちてゆくだけ。最後は夜鷹か。それが運命なんだからしょうがない。そんなことを思っていた時に、伊勢屋から「おばさんにならないか」と声を掛けられた。

私は運がいいんだ。

おばさんは天職だと思う。

いや、遊女でも、おばさんでも。女郎屋が天職なんだ。

伊勢屋の遊女たちは妹のようで娘のようでもあった。妹や娘に客をとらせて食っている。

だから、なるべく妹や娘たちが不幸にならないよう気を配ってきたんだ。

「まぁ、一杯おやりよ」

あさが徳利を傾けた。

女将さんはわかってくれている。銭にしか興味のないような顔をしているけれど、この女将さんは私と同じだ。女郎屋が天職で、なるべく女たちを不幸にしないようにと思っている。女将さんには随分助けられたこともあった。


「あれ、おひろさんじゃないか」

茶店を出たところで、旅装束の中年の男に声を掛けられた。

男は前の茶店から出て来たところのようだ。

あら、誰だっけ。

日に何十人という客の相手をする。馴染みならともかく、なかなか一人一人の客の顔まで覚えてはいないよ。でも、どっかで見たことのある顔には違いない。こういう時の挨拶が困る。案外お馴染みの客で、たまたまおひろが忘れているのかもしれない。相手が名乗ってくれたらいいのに、とおひろは思った。

「千住のおひろさんが品川まで。さては、おひろさんも紅葉狩りですか」

ニコニコ微笑みながら男は話をする。こうなりゃ適当に話を合わせて、とっとと行っちまおう。

「ええ、そうなんですよ。見事でございますねえ」

「なんだい、おひろ、お知り合いかい？」

あさが声を掛けた。

面倒臭い。誰だか思い出せない相手を、女将さんになんて紹介すればいいんだ？　やぶれかぶれだ。

「こちらお馴染みのお客様で」

「いえいえ、私はまだ伊勢屋さんにうかがったことはございません」

あら、嫌だよ。客じゃなかったのか。

なら一体誰だよ。

「瀧川鯉弁と申します」

やっと名乗ってくれた。

瀧川鯉弁って……、あー、そうか。狂歌の先生だ。覚えていないわけだ。前にあったのは何年前だ。千住の「おでん かんざけ」の店で団子をご馳走になったんだ。それと、なんかいろいろ教えてもらったけど、何を教えてもらったかも忘れちまった。でも、その時はいろいろ役に立ったんだよ、確か。だから、名乗ってもらって思い出した。他にはなんの話をしたっけか。

「ど、どうもその節は、た、大変お世話になりました」

「いえいえ、こちらこそ。伊勢屋のおひろさんだと知って、一度お店に遊びに行きたいと思っていたんですが、なかなかうかがえずに、申し訳ない」

「そうですか。是非いつでもいらしてください」

あさがしゃしゃり出て言った。

「伊勢屋の女将でございます」

「左様で」

「おかみさん、おひろさん、駕籠が参りましたよ」

そこへ和助が現われた。

「あれ、鯉弁師匠では？」

「お前、こちらをご存じなのか？」

「ご存じも何も」

和助は自慢気に言った。

「いま、江戸で評判の噺家の師匠ですよ。先月もね、上野の寄席にお出になっていらして、あっしは見に行ったんだ。あの時は確か怪談噺で……、屋敷の壁のむこうから変な音がするって話で……」

「先月？　もしかして、お前、風邪で店を休んだ時かい」

「いけねえ」

和助はとんだ墓穴を掘った。

「いやいや、おかみさん、小言は言わないでください。若い衆さん、ご贔屓ありがとうございます」

鯉弁が和助を庇って言った。

そうだそうだ、思い出したよ。確か狂歌を教えながら、寄席にも出ているって言っていたね。

「若い衆さん、今度、是非、おかみさんとおひろさんを寄席にお連れしてください」

「そうだよ、一人で楽しんでないで、私を一緒に連れておいき」

女将が笑って言った。ずる休みしたのを怒ってるんじゃなく、一人だけで楽しんで来たのを怒っている風を見せた。

「ではご免ください。今日は講中の皆さんと一緒なもので」

言うと、鯉弁はおじぎをし、

「ホントに寄席に来てくださいよ、おひろさん」

おひろにだけ声を掛けると、街道のほうへ急ぎ足で去った。

それにしても、何年も前に会っただけなのに、よく覚えているものだ、とおひろは思った。まさか私に惚れているのか、そんなこともあるまい。それに、惚れていたら店に来るだろう。

しかし、鯉弁のもの腰柔らかな話し方は心地が良かった。そう言えば、前にいろいろ教えてもらった時も、そんな心地良さを感じていた。そう思うと、鯉弁に聞きたいことがいろいろあった。

何を聞きたいのか……。最近なんで物価が高いのかとか、そんなことはどうでもいいか。そんなことを聞くよりも、寄席に行って鯉弁の噺を聞きたいと思った。

駕籠にゆられて街道に出るところで、鯉弁と講中の者たちを追い越した。中年の男が二人に、女が一人、それに子供が三人いた。子供はさっき店に入って来た子供で。男の一人は父親で、女は母親なんじゃないか。父親か母親が狂歌を習っていて、子供たちに紅葉を見せたいから連れて来たんだろうか。これだけ綺麗な紅葉だ、子供たちには一生の想い出になるだろう。ホントに幸福な家族なんだ。おひろはちょっとだけ羨（うらや）ましいと思った。

「さっきの女の人たちは堅気ではございませんな」

江戸へ戻る道中、佐兵衛が聞いた。

又吉一家は少し遅れて歩いて来ていた。

「大家さんにもわかりますか」

宗匠が言った。

「こう見えても人を見る目はございます」

「千住の遊女屋の女将とおばさんです」

「おばさんというのは」

「遣り手ともいいますな」

「遣り手婆という？」

「ええ。でも、おひろさんに婆は可哀相だ」

宗匠は笑った。

品川に来て、千住の遊女屋の知り合いに会う宗匠の顔の広さに、佐兵衛は感服していた。

秋の日は暮れ掛かっていた。

水仙

もう年齢かね。

梯子段を登る時に、腰に痛みを感じた。

おひろが伊勢屋のおばさんになって、干支が一まわり過ぎた。

三年前に、主人夫妻が隠居して、伊勢屋は養子夫妻が引き継いだ。

去年、若い衆頭の善助が流行病で亡くなり、今では伊勢屋で一番の古株がおひろだ。

遊女屋の女性従業員は「おばさん」と呼ばれる。あるいは「遣り手」「遣り手婆」とも言われる。若くても「おばさん」で「婆」だが、「私は、そのまんま、婆だわ」と、おひろは思った。

瀧川鯉弁がやって来たのは、そろそろ木枯らしが吹きはじめたある日のことだ。

鯉弁は狂歌の宗匠で、噺家(はなしか)として寄席の高座にも上がっていて人気もある。狂歌の講は江戸のあちこちにあり、商家の主人の弟子も多い。また、噺家の弟子も随分いるらしい。

鯉弁には草加の在所にも金持ちの弟子がいて、鯉弁がまだ若い頃から、二月(ふたつき)に一度、出稽古に通っている。昼前に江戸を発ち、草加の金持ちの家に一泊し、次の日に江戸に帰ってくるという日程だった。それが三年前から、帰り道、昼過ぎくらいに千住へ来て、伊勢屋に一泊するようになった。

江戸まで一気に歩くのが辛くなったと鯉弁は言ったが、駕籠で往復してもいいくらいの祝儀をもらっているはずだ。

伊勢屋は飯盛り女を置いている旅籠という名の女郎屋だ。鯉弁のような年配の者が泊まるのは本宿のちゃんとした旅籠がいいのだろうが、「伊勢屋さんが気楽でいい」とやって来る。

鯉弁は昼過ぎに来るので、おひろは八つ頃の暇な時間に挨拶に行く。すると、なんとなく話がはずみ、かれこれ半刻(とき)くらい世間話になる。おひろがいろんなことを質問し、鯉弁が答えるのだが。

「おひろさんは、ホントに世間の皆さんの知りたいことを聞くから、これは私のほうが勉強になります」

とニコニコ笑いながら、わかりやすく説明してくれる。

鯉弁は女を呼ばない代わりに、店と、若い衆と、そして、おひろに相応の心づけを包んだ。

「あの爺さん、おひろさんに惚れてるんじゃねえのか」

去年死んだ善助はそう言っておひろをからかった。今では、おひろをからかうような者は誰もいなくなった。

「伊勢屋さんにご厄介になるのも最後かもしれません」

鯉弁が言った。

「なんですよ、宗匠。寂しいことを言わないでくださいよ」

「いやいや、草加はね、弟子たちに任そうと思いましてね。やはり、ちょっとね。草加まで歩くのもだが、いろいろと気遣いが疲れましてね」

「宗匠、おいくつになられたんですか」

おひろが聞くと、

「五六です」と鯉弁が答えた。

なんだ、私と二歳しか違わないんじゃないの。

でもなんとなく弱気なことを言う鯉弁の気持ちがわからなくはなかった。

「私もね、そろそろ潮時だと思ってるんですけれどね」

「潮時？」

「女郎屋のおばさんですよ。遣り手婆なんていいますけれどね、婆じゃ勤まらない仕事なんですよ」

「おひろさんは婆なんていう年齢じゃないでしょう」

「じゃ、宗匠も、爺さんぶるのはお止めなさい」

「いや、爺さんぶるわけじゃないですがな」

鯉弁は一息ついて、

「あまり他人に気を遣わず、ちょっと好きな仕事をね、やってみたいと思いましてね」

「好きな仕事？」

おひろには鯉弁の言う意味がよくわからなかった。

好きな仕事ってなんだろう。仕事に、好きとか嫌いがあるのか。楽とか、しんどいはあるだろうが、おひろは仕事を好きとか嫌いで考えたことはなかった。

一二歳で吉原に売られ、一四歳で客をとった。好きも嫌いもなく、男の相手をするのが仕事になった。二九歳でおばさんになり、女たちの面倒を見るのが仕事になったが、他にこれしか飯を食う道がなかったから、やってきただけだ。毎日、女郎屋の二階にいて、お客の苦情を聞いたり、女たちの愚痴を聞いたり、若い衆の尻拭いをしたり、好きも嫌いもなく、ただ働いて来た。

鯉弁には、好きな仕事と嫌いな仕事があるらしい。嫌いな仕事も、今までは我慢してやっていたのか。好きな仕事ってなんだろう。だいたい鯉弁の仕事が何なのか、それすらもおひろにはよく理解が出来ていなかった。

「でも、おひろさん、潮時って言うことは」

鯉弁が言った。

「もしかしたら、伊勢屋をお辞めになる?」

そう。梯子段を上がれなくなったら。おばさんは続けられない。

とは言え、伊勢屋を辞めて行くところなどない。

客からの祝儀は結構もらってはいるものの、おひろに貯金なんてなかった。若い衆にたまには酒を奢(おご)ってやったり、女たちにも化粧紙の一枚も買ってやったり。本宿に行って、内緒で鰻を食べることもたまにあった。結構銭は右から左になくなるものだ。

潮時なのはわかってはいるが。伊勢屋を辞めてどうするんだ。ホントに梯子段を登れなくなる日まで、あの手すりにしがみついていなければならない。

「辞めませんよ。私は死ぬまで、女郎屋のおばさんです」

そう言っておひろは笑ったが、ホントに動けなくなったらどうしようと思った。


その日の夕方、おかしな二人連れが伊勢屋に泊まった。

二人とも若い武士だった。一人は相撲とりかと思うような巨漢、もう一人は痩せた繊細そうな男で、武士だが刀なんぞ抜いたことはないような雰囲気がした。

「部屋で二人だけで酒ば飲みますんで、一升徳利と、台のものを二つあつらえてください」

「一升徳利！」

酒は高価だ。普通は何人かで五合くらいの酒を飲む。二人で一升飲む気か。いや、巨漢が一人で飲むのかもしれない。

台のものとは、近所の料理屋であつらえる注文料理で、これも値が張る。どこかの藩の重役だろうか。でもそんな身分の人がなんで伊勢屋に泊まるんだろう。

「女はいかがいたしますか」

おひろが聞いた。

「お引け過ぎに、私に一人。連れは女はいらんでごわす」

巨漢が言った。

酒も女も自分だけ？

「連れは故郷に許嫁（いいなずけ）がいるそうでな」

おひろの顔を見て、巨漢は笑いながら言った。

「ちょっとだけ三途の川の渡し場が見えたような気がしました」

蒲団の中で鯉弁が言った。

厠に行く途中で、意識を失ったらしい。

倒れそうになる鯉弁を、たまたま通り掛かった二人の武士が助けた。

巨漢が支えて。

痩せた武士が差配し、若い衆を呼び、一番近い部屋に蒲団を敷かせて鯉弁を寝かせた。

おひろが駆けつけた時には、鯉弁は意識を戻していた。

「連れは医者でごわす」

巨漢が言った。

世の中、何が幸いするかわからない。倒れたところを巨漢が支え、大きな事故にならずに済み、その連れが医者ですぐに介抱してくれた。何か薬も飲ませてもらったらしい。運のいい人だよ。多分、鯉弁は長生きをするんだろう。

「少し、肝の臓と胃の腑がお疲れのようですな」

医者が言った。

「よる年波です」

鯉弁が答えた。

「あまり、味の濃いものはお食べにならないほうがよろしかろう」

「年寄りは食べるくらいしか楽しみはございません」

「これは宗匠のお考え方次第ですが」

ゆっくりした口調で若い医者は言った。

「好きなものをお食べになって、あと一、二年くらいで冥途に行くか、ほんの少し食べ物を我慢して、あと十年生きるか」

「ほう。食べ物を我慢すれば、あと十年生きられますかな」

「それはわかりませんが、好きなものをお食べになられていれば、あと二年の命でしょうな」

「つまらんことを請け合わないでください」

鯉弁の声に力がなかった。


鯉弁は二、三日、伊勢屋に泊まることになった。

二人の武士は早朝に帰って行った。

昼過ぎ、鯉弁の部屋を訪ねたおひろに鯉弁が聞いた。

「先生のお住まいはおわかりですかな」

先生というのは昨日の二人連れの一人、医者だと名乗った男だ。

「ええ。宿帳がありますので」

「私としたことが、お名前も聞きそびれておりました。なんというお方ですかな」

「すみません。私も聞いておりませんでした」

おひろは言った。

「あとで宿帳をお持ちします」

「よろしくお願いいたします。戻りましたら、礼にうかがいたいので」

「それよりも宗匠、どうなさるのですか」

おひろは気になっていた。

好きな食べ物を食べて余命一、二年か、食べ物を節制して長生きするのか。この人はどっちを選ぶんだろう。

「迷うところですな」

鯉弁は言った。

おひろなら。もしも月に一度の楽しみの鰻丼が食べられないなら、とっとと死んだほうがいいのかもしれない、と思った。

「あの若いお医者の先生がおっしゃっていたのですがな」

鯉弁が言った。

「これからは世の中が大きく変わるらしいです」

「世の中が変わる？」

また、摑(つか)みどころのない、意味のわからないことを言い出した。

世の中が変わるってどういうことだ？

「この十年で、世の中が様変わりするそうですよ。だから、見ておかないと損だとおっしゃいましてな」

そら、ホントに世の中が変わると言うなら、何がどう変わるのか、私も見てみたい、とおひろは思った。

「相手は医者です。私に節制させるための方便で言っているのかもしれない。でももしもホントに世の中が変わるのなら、私は見てみたい」

「ええ。ホントに変わるなら見てみたいですけれど、世の中が変わるってどういうことですか」

「それは私もわかりません」

「宗匠でもわからないことがあるんですか！」

「私はわからないことだらけです。だから、知りたい。世の中がどんな風に変わるのか、わからないから見てみたい。そのためには、醬油だの味噌だのを控えてでも、ちょっとだけ長生きがしてみたい、と思うのですがな」

おちかは三〇歳近くで伊勢屋に売られてきた。

「亭主がバカやっちまってね。私が勤めに出ないと、にっちもさっちもいかなくなっちまってね」

と笑いながら言った。

胆の据わった女だ。

もしも私がおばさんを辞めたら。次はおちかに頼もう。おひろは思った。

おちかなら女たちを守ってあげられるだろう。

時はまたたくうちに過ぎる。

正月が過ぎ、初午（はつうま）までは伊勢屋は大忙しだった。

腰は時々痛んだが、忙しさで痛みを忘れていた。

初午が過ぎて、そろそろ春の兆しが見えはじめたある日、

「おひろさん、ちょっとお願いいたします」

二階の若い衆に呼ばれて梯子段を登ろうとした時、腰に鋭い痛みが走った。

足が上がらなかった。

若い衆の佐七が通り掛かった。

「おひろさん、大丈夫か」

「だ、大丈夫に決まっているよ」

そうは言ったが、足が上がらない。どうしたんだ。

手すりに掴まり、なんとか立ち上がったが。

「無理をしちゃいけねえよ」

「無理なんかしちゃいないよ」

「よる年波だ」

「うるさいね」

佐七が伊勢屋に来たのは、彼が一八、九の時だ。女郎屋の若い衆なんかになろうというのは、堅気のお店に奉公したが、何かしくじりをやらかして暇を出されたか、辛抱出来ずに逃げ出したか、どの道、碌なモンじゃないのだろう。右も左もわからない佐七に手取り足取り仕事を教えたのは、前の若い衆頭の善助とおひろだ。二十年経てば、佐七は一人前以上の若い衆になった。だからと言って、私に「よる年波」なんて、そんな偉そうな口をよくお利きだね。

そうは思ったが、立っていられず、佐七の着物を思わず掴んでしまった。佐七が太い腕でおひろの腰を支えた。おひろはやっと立てた。

悔しいねえ。悔しいけれど。

ホントに潮時なんだ。

おひろは思った。


翌日の昼過ぎ、瀧川鯉弁が訪ねて来た。

「今日はおひろさんに、ちょいと話がございましてね」

「なんでございましょう」

「ちょっとでいいんです。出られますかな」

「あとは任せて、いってらっしゃい」

佐七が言った。

鯉弁からは日頃祝儀をもらっている手前、こういう時は融通を利かせてくれる。

千住大橋の袂にある、「おでん　かんざけ」の店に行った。

「酒は止めました。甘いものは少しならいいそうです」

鯉弁は饅頭とお茶を頼んだ。

「橋本(はしもと)先生、あの時の若い医者の先生ですが。そのお仲間で江戸に住んでいる蘭方医の先生をご紹介いただきましてな。あれは食べていい、これはいけない、これならたまに食べてもいい、こと細かに決められまして」

食べ物を止められているのが嬉しいようだ。

「いつも食べられると思うとそうでもございませんが、たまにしか食べられないと思うと、田舎饅頭でもおいしいものです」

「そんなものでございましょうか」

おばさんを辞めたら、日々の暮らしがままならない。鰻丼なんて、もう生涯食べられなくなるだろう。節制はしていても、たまには食べたいものが食べられる鯉弁が少し羨ましかった。

「それで、宗匠、お話ってなんでしょう」

おひろが聞いた。

今までは伊勢屋の部屋で世間話は随分したが、こうして外で鯉弁と会うことなんかなかった。いや、一度だけあったような。もう何十年も前だ。おひろがおばさんになってすぐの頃、やはりこの「おでん　かんざけ」の店でだ。

そうそう。この宗匠と最初に会ったのは、吉原だったねえ。昼遊びの商人だと思った男から意外な話を聞かされたんだ。

「又吉さんを覚えていますか」

鯉弁が言った。

忘れようったって忘れられない名前だよ。

吉原の遊女だった時、年季が明けたら、夫婦になる約束をしていた堅気の職人だ。おひろは又吉にふられ、又吉は近所の娘と一緒になったらしい。

懐かしい名前を聞いた。けれども……。

えっ？

又吉が……。又吉がどうしたというのだ。

「又吉さんが去年の師走(しわす)のはじめ頃、風邪をこじらせて亡くなりました」

又吉が死んだんだ。

又吉が死んだと聞いても、たいして驚きはしなかった。

あれから二十六、七年経つんだもの。自分が婆になっている。又吉ももう爺だ。

爺が死んで、何を驚くものか。

「いくつだったんですか」

「五二歳でした」

おひろより年下だったんだ。そんなことも知らなかった。

五二歳。又吉の人生はどんなだったんだろうかと思った。

「確か子供がいたって」

そんな話を、あとになって聞いたような気がしたが。まだ小さいのか。

「上のお子は日本橋の材木問屋に奉公に行きましてな、今は二番番頭になっています」

もう大人なんだ。それはそうか。時が経っているんだ。それに日本橋のお店の二番番頭だなんてね。たいした出世なんじゃないか。

待てよ。又吉は確か職人だったはず。倅は跡を継がなかったんだろうか。

「次が女の子で、この子が婿を取って経師屋の跡を継ぎました」

女の子もいたんだ。

倅が跡を継がなかったのは、何か事情があるのだろう。

「一番下の子は可哀想なことをしましたな。五つになる前に、流行病で亡くなりました」

そうなんだ。そんな悲しいこともあったんだ。

「でも、亡くなる前の年の秋でした。私どもの講で紅葉狩りに参りましたな」

「紅葉狩り?」

「その一行に又吉さん一家も加わりまして。下のお子も一緒に。皆で楽しいひと時を過ごして参りました」

「それはようございました」

紅葉狩りと聞いて、おひろも思い出した。

「あー、私も行ったことがありますよ。品川に紅葉狩り」

「そう言えば、十年以上前に一度、品川でおひろさんにお目に掛かりませんでしたかな」

あら、そうだっけ。前の女将に誘われて、三回くらい紅葉狩りに行った。真っ赤に、山一面が染まった紅葉を見たことだけ覚えている。

鯉弁と会ったことはすっかり忘れていたが、又吉一家が同じ紅葉を見ていたんだと思うと、何かほんの少しだが鼓動が速くなった。

でもなんで。

鯉弁は又吉が死んだことを伝えに、わざわざ千住まで出掛けて来たのだろうか？

「ええ。又吉さんが亡くなったことを伝えに参りました」

鯉弁は茶を一口すすって言った。

「又吉さんのおかみさんが、私の講中におりましてな」

又吉の四十九日の法要があった二日後に「申の会」という鯉弁が主宰する狂歌の講があり、又吉の女房のおよしがやって来た。流石に四十九日までは休んでいたが、そろそろ行ったほうが気も晴れるだろうと、娘や婿に言われて出て来たらしい。

講のあと、鯉弁はおよしの足を止めて悔やみの挨拶をした。すると、およしは、

「宗匠は、又吉が私と一緒になる前に好きだった吉原の女の人をご存じなんでしょう」

と聞いた。

鯉弁はさて、なんて答えたらよいやらと思ったが、ここは正直に言っておいたほうがよかろうと思った。

「いま、千住におりますよ」

鯉弁は、何年も前に、おひろとは千住大橋の袂で偶然会ったこと、いま、草加の出稽古の帰りに、おひろが奉公している伊勢屋という旅籠に泊まっているとい

う話をした。

「で、女の人は又吉のことを覚えているんでしょうか」

「さぁ、それはわかりません」

「又吉は、多分、吉原の女の人のことが忘れられなかったんじゃないかと思います」

「ほう、なんで？」

「女の勘です」

「確かに。女の勘は鋭いと申しますが、女の勘がすべて的中するものではございません」

「あらま、そうでしょうか」

「女の勘が大はずれしたご婦人の話を存じておりますよ」

「私はそのご婦人とは違います」

「女の勘に自信がおありで」

「そ、そんなわけではありませんけれど」

「又吉さんのことですから、普段はおひろさんのことを思い出すことなどなかったでしょうが、まぁ、何かの時にふと思い出すことはあったかもしれませんなぁ」

「それはどんな時ですか」

「それはわかりませんが、たとえば、雨の降ったあとに、吉原のほうの空に虹が掛かった時とか」

鯉弁がそう言ったら、およしは「あはははは」と笑った。そして、

「ねえ、宗匠、もしも女の人に会うことがあったら、又吉が死んだと伝えてはいただけませんでしょうか」

「構いませんが」

「もしも女の人が又吉のことを覚えていたら、お線香の一本でもあげてくれたら、きっとあの世で又吉は喜ぶと思うんですよ」

「と、申されましてな」

「あー、そうですか」

鯉弁の話を聞き、おひろはそう頷く以外なかった。

何をいまさら。いまさら、そんなことを言われたってさ、もう、又吉の顔も思い出せないよ。それに、それに。

「お線香あげようったって、私は伊勢屋に奉公してるんだ。仏壇なんて持っちゃいないよ」

鯉弁は「用事があるから」と、橋の袂で辻駕籠に乗って帰って行った。鯉弁くらいになると、普通は辻駕籠などには乗らず、宿駕籠を呼ぶ。辻駕籠は今で言うタクシーで、宿駕籠はハイヤーだ。宿駕籠のほうが勿論値段は高いが、辻駕籠には俗に言う雲助という厄介な族（やから）もたまにいて、千住から乗れば、小塚原の人気（ひとけ）のない場所で酒手を強請（ゆす）ったりするから、余計に金が掛かる場合もある。

鯉弁は辻駕籠に乗る時に大きな声で、

「それじゃ、おひろさん、また」と言った。

駕籠屋は今乗せた客が、伊勢屋のおばさんの知り合いだとわかり、うっかり酒手が強請れなくなった。勿論、鯉弁は相場以上の酒手ははずむのだが、強請られて出すのと、自分から出すのでは気分が違う。

おひろはつくづく鯉弁が世情に通じていることに感心した。

おひろは鯉弁を見送ると、千住大橋を渡り本宿に行った。一町ほど行ったところに花屋があるのを知っていた。

「おや、伊勢屋のおひろさん、今日はどうした風向きで」

花屋の親父は言った。おひろの顔は知っているが、おひろは花なんかまず買わない。三軒隣の饅頭屋にはよく行っているらしいが自分の店はいつも素通りである。そのおひろが店に入って来た。

「仏様にあげる花ってどれだい」

「あー、仏様ですか」

おひろが花を愛(め)でるわけじゃない。仏様と聞いて、花屋の親父は納得した。

「これなんかいかがでしょう」

親父は黄色い花を示した。

「それはなんていう花だい」

「水仙と申します」

「す・い・せ・ん?」

「はい。水仙です。この水仙は葛飾(かつしか)村の水仙ですが、本場は越前(えちぜん)の国だそうですよ」

花屋が言ったが、おひろには越前の国がどこだかもわからなかった。

いや待て。最近、越前の国が生国の人に会った。あー、そうだ。鯉弁を助けた医者が確か生国が越前だった。あとで鯉弁に医者の住まいを教えるために見た宿帳に、確か越前と書いてあったっけ。

　これも何かの縁かもしれない。おひろは思った。

「じゃ、この黄色いのを五本ばかり、いただきましょうか。なんて言ったっけ」

「水仙です」


　水仙の花はそこそこいい値段だった。

　又吉が死んだ。私だって、いつ死ぬかわからない。

　私が死んだら、誰が花を供えてくれるんだろうか。

　吉原や千住で客だった男だって、もうあらかた死んでいるだろう。おばさんに花を供える男はいまい。

　鯉弁は供えてくれるかもしれない。節制してあと十年生きるつもりだと言っていたから、きっと私より長生きだから。自分の家の仏壇に花くらい供えてくれるだろう。花よりも鰻を供えてくれないかねえ。いや、死んでからじゃなく、いま、鰻をご馳走してくれればいいのに。

　あとは誰が花を供えてくれるのか。

いやだよ。私は死んでからのことを考えているなんて。

やっぱり潮時なんだ。

私は今まで何をしてきたのか。

又吉はずっと職人だった。いいものをこしらえれば、人から感謝もされたろう。

鯉弁は、なんだかわからないけれど、これからは好きな仕事をして暮らすと言っていた。

遊女から、おばさんになって、ずっと遊女屋で働く、それが自分の人生だと思っていた。遊女屋にいるしか道はない。おばさん以外に伊勢屋に仕事があれば。もしも伊勢屋で飯炊き婆として置いてもらえたら。給金なんていらない。三度の飯を食わせてくれれば。

伊勢屋なら、今までの顔で、おひろを知っている客がいるうちなら、たまに祝儀くらいはもらえるだろう。それを貯めておけば、年に二度くらいなら鰻も食べられるし、来年の又吉の命日には花くらい買ってやれるだろう。

「ちょっと仏壇をお借りしていいですか」

伊勢屋の仏壇に花を飾って、又吉が喜ぶかどうかはわからない。

「へー、水仙か」

若い主人が仏間をのぞきこんで言った。

あら、若いのに、花の名前なんか知ってるんだね。

伊勢屋の今の主人は、前の主人の遠縁に当たる。前の主人夫婦は子供がいなかった。今の主人は遠縁の商人の三男で、実家から資本を出してもらって小商売をしようかと思っていたところ、伊勢屋の養子の口を持ちかけられた。最初は女郎屋の主人なんて嫌だ、と言っていたらしいが。店のことはおばさんや若い衆がやってくれるから、あんたは銭勘定だけしていればいいと言われて、しぶしぶなったらしい。

なってみれば、確かに店のことはおひろや若い衆がやるものの、時々宿役人に呼ばれたり、旅籠の主人連中の付き合いがあったりと忙しいらしい。

どんな仕事も「楽」な仕事は少ない。

線香をあげて、手を合わせた。

経なんて知らない。

吉原にいた頃、熱心な門徒の客がいて、「南無阿弥陀仏（なむあみだぶつ）」と唱（とな）えると、誰でもが極楽に行かれると言っていた。おひろが子供の頃聞いたのは、善行を施せば極楽に行かれるが、悪いことをすると地獄に堕ちるという話で、そのほうが説得力があると思った。

又吉は多分、悪いことなんかしていない。まっとうな職人で、女房、子供を大事にしていたんだ。だから、きっと極楽に行ったんだろう。

おひろはどうなんだろう。多少の細かなごまかしはやったが、悪行というほどのことはやっていない。それで、客には夢を与えた。遊女たちの面倒は見てきた。でも極楽に行かれるほどの善行は何もしていない。

「南無阿弥陀仏」

ちょっと不安になったので、思わず念仏が口から出た。

「よせよ。うちは法華(ほっけ)だよ」

若い主人が後ろから声を掛けた。

あら、そうなの。仏様にもいろいろあるんだね。

「南無妙法蓮華経(なんみようほうれんげきよう)だ」

「似たようなもんでしょう」

「ぜんぜん違う！」

「はいはい。南無妙……」

とりあえずお題目を唱えてみたが、面倒くさくなった。

いいや。極楽に行こうと、地獄に堕ちようと、死んでからの話だし。

吉原に売られる時、近所の人から「地獄に行くようなもの」と言われたことを思い出したが、地獄もさして辛くはなかった。そこが居場所だと思ったから、地獄で普通の暮らしをしてきた。

「旦那、ちょいとお話があるんですが」

おひろは若い主人に声を掛けた。


「飯炊き婆は間に合っている」

けんもほろろに若い主人は言った。

おひろはよる年波で、おばさん稼業が辛くなったこと。だが、辞めても行くところがないので、三度の飯を食わしてもらえるなら、無給で飯炊き婆として置いて欲しいと話した。

「だいたい、おひろさん、よる年波って、まだ五〇を少し過ぎたくらいだろう」

「五〇はもうよる年波です」

「だいたい遣り手婆ってくらいだから、婆がやるんじゃないの？」

「婆じゃ女郎屋のおばさんは勤まりません」

「じゃ、なんで遣り手婆っていうんだよ」

「そんなのは知りませんよ」

知らなかった。なんで、「婆」なんだろう。今度、鯉弁に会ったら聞いてみようと思った。

「まぁ、おひろさんが辞めたいと言うなら、止めはしないけれどね」

辞めるのは構わないけれど、飯炊き婆には出来ない。体に鞭打ちホントに動けなくなるまでおばさんを続けるか、伊勢屋を追い出されて野垂れ死にするかの、二つに一つを選べ、若い主人はそう言うのか。鬼だね。やはり、ここは地獄だったのか。

「ちょっと待っててくれ」

若い主人は隣の部屋に立ち、しばらくして小さな包みを一つ持って出て来た。

「前の主人から言われていたんだ」

若い主人はおひろの前に紙包みを出して言った。

「なんですか？」

「あんたが伊勢屋を辞める時に渡してくれってな」

包みの中は十五両ちょっとあった。

「どういうことでしょうか」

「前の主人は、若い衆やおばさんの給金から、月に銀三匁（約五千円）づつ、貯めていたんだよ」

銀三匁が二十五年で十五両ちょっとになった。

こういう商売の者は金なんか貯めない。コロッと死んじまえばいいが、体が利かなくなって辞めることもあるから。こうして銭を貯めといてくれたらしい。

銭のことしか頭にない、ごうつくばりだと思っていた。いや、銭のことしか頭にないから、銭のことで心配りが出来るんだ。

鬼だと思った主人が仏に見えた。

南無阿弥……、いや、どうでもいい。

「これだけあれば裏長屋でも借りて、子供相手に駄菓子屋か、煙草商売くらい出来るだろう。残りの人生、女郎屋じゃないところで暮らしてみるのも悪くはないんじゃないか」

若い主人の言葉に、おひろはちょっと涙が流れた。

「俺じゃないよ。礼なら、粕壁で隠居している前の主人に言ってくれよ」

若い主人は言った。

「あっ、あと、次のおばさんを見つけて、ちゃんと仕事が出来るように仕込んでから辞めてくれよ。すぐに辞められたら、困るんだから」


「おちかの借金はいくらくらい残っているんでしょう」
二、三日して、おひろは主人に聞いた。
もう一度女たちを見て、あとを任せられるのは、おちかだと思った。

「おちかはいい年齢だから。たいした金は貸してはいないよ。もう五両くらいしか残っていないと思うが」

「だったら、この間の十五両から五両、私が払いますよ。おちかさんをおばさんにしてはどうでしょうか」

「そう言うと思った」

主人はうすら笑いを浮かべて言った。

「この金はお前の命金だ。無駄に使うんじゃないよ。お前がおちかがいいって言うなら、証文巻いてやる。しっかり仕込んでくれよ」

「えっ？　私がおばさんですか」

おちかは怪訝(けげん)な顔をした。

そうだよ。私も最初、「遊女を辞めておばさんにならないか」と言われた時は驚いた。

遊女で使い物にならないから、おばさんになれ、と言われたんだもの。

でもね、おばさんっていう仕事が私には合っていたんだ。そして、あんたなら出来ると思ったから、いいおばさんになれると思ったから、声を掛けたんだ。

「おひろさんはどうするんですか」

と、おちかが聞いた。

「私はよる年波。おばさんを辞めるんだ」

「おひろさんの後釜に私ってことですか」

「そうだよ」

おちかは何か考えていたが、

「おひろさんの後釜なんて嬉しいですよ。しかも、旦那が証文巻いてくれるんでしょう」

「うん。証文は巻いてくれるよ」

「これで晴れて自由の身だね」

自由の身、なのか。遊女の年季が明けるんじゃない。そら、外にも出られるし、給金ももらえるが、この先何十年、おばさんとして働いてもらうんだよ。

翌月には、おちかは髷を結い直した。

おちかにはもともと亭主がいたんだ。普通の既婚のおばさん姿に戻ったわけだ。

おひろはおちかに、おばさんの仕事を一から教えた。おちかは要領がよく、仕事はうまくこなした。

暖かくなるにつれ、おひろの腰の痛みも減った。

暖かくなったからか。仕事を少しずつおちかに任せて、体に負担の掛かる仕事が減ったからか。

これならもう少し、おばさん稼業もやれるのかなぁ、とも思ったが、いやいや、また冬になったら痛みはじめる。

おちかはだいぶ仕事も覚えた。

　これならお盆過ぎには、おひろは伊勢屋を辞められる。それまでに、この先の塒（ねぐら）と商売を探さないとならない。

「何、しばらくはおばさんが二人いたって構わない。行く場所が決まるまで、うちにいてくれても構わねえよ」

　主人は気味の悪いくらい優しかった。

　主人の言葉に甘えても、やはり寒くなる前には伊勢屋を辞めようと、おひろは思った。

　主人の目から見ると、おちかの仕事ぶりが少し頼りなく見えていたのだろうか。いや、商人の家で生まれ育って、多くの人を見てきた主人には、何かわからないが、直感的な違和感があったのかもしれない。


　紫陽花が咲いた頃、おちかが逃げた。帳場の手文庫から三十両の金を持って。

　外は強い雨が降っていた。

　こんな日は客も少ないかと思うとさにあらず。

　昔から、「嵐の晩の廓（くるわ）通い」と言って、嵐の晩には客も少ないだろうから、きっとモテるだろうという男が何人も来て、女郎屋は案外繁盛するらしい。

その日も客は多く、おひろは二階から離れられなかった。

客が少なくてモテると思って来た客が、客が多くて狭い部屋に入れられて文句を言ったりする。若い衆はその苦情処理に奔走するから、おばさんは若い衆の穴埋めの雑用に忙しい。

おちかがまめに一階と二階を走り回り、客の応対で忙しい若い衆の助けもこなした。

「おひろさん、富士の間のお客がおひろさんを呼んでるんですが」

若い衆の竹蔵（たけぞう）が声を掛けた。

「誰だい？」

「綾瀬のご隠居で」

元はどっかの大店の主人で、隠居して綾瀬村に住んでいる。もう還暦は過ぎているのだが、月に二度ほどやって来る。しかもこの雨の中、ご苦労なことだ。根っからの女好きで、多分、男としては役には立たないのかもしれないが、女といちゃいちゃはしたいらしい。だが、悪くは言えない。伊勢屋にとっては上客だし、おひろや若い衆にも祝儀をくれる、いい老人だ。

「じゃ、おちかを呼んどくれ」

もうすぐ、おばさんをおちかに代わると挨拶をしたほうがいいと思った。

「おちかさんの姿が見えません」

竹蔵が言った。

「よく探したのか」

声を掛けたのは佐七だ。

「へい。厠にも声は掛けましたが、返事はありませんでしたよ」

「もう一度よく探せ」

「へい」

佐七に言われ、竹蔵は走り去った。

佐七が不安気に言った。

「おひろさん、まさかとは思うんだが」

「まさか、そんな。おちかに限って」

おちかに限ってと言ったが、おひろは一体、おちかの何を知っているというのだろう。

しばらくして、おひろと佐七は主人に呼ばれた。

「手文庫から三十両なくなっている」

主人は竹蔵からおちかがいなくなったことを聞いて知っていた。

おひろは黙って畳に両手をついて頭を下げた。

おちかをおばさんにと言ったおひろの責任だ。

「昨日、変な男が勝手口のところにいたって竹の野郎が言っていました」

佐七が言った。

「どんな野郎だって聞いたが、なんか怪しい野郎だって言ってましたんで、注意はしていたんですが。もしや、おちかの亭主だったのかもしれません」

「多分、そうだろうよ」

主人は大きなため息をついた。

「おばさんになって、店の中を自由に歩ける。ここの部屋に入っても怪しむ者はいないから、狙っていたんだろう」

三十両も持って行きやがった。主人が吐き棄てるように言った。

どうしたらいいんだ。と、おひろは思った。全部、私の責任だ。あの十五両で半分は返すとして、残りの半分はおひろがなんとかしなきゃいけないのか。結局、死ぬまでここで働くのか。

「まぁ、俺も不注意だった。佐七もおひろも自分を責めるな」

主人は言った。

「お上には届けるんですか」

佐七が聞いた。

「何年若い衆やってるんだ。店の者が金持って逃げたなんて、暖簾に傷がつく」

主人は堅気の商人の家で育った。女郎屋の暖簾なんて傷だらけなのを知らない。だが客商売だ。女の管理が悪いというのは、女郎屋にとっては一番の傷だ。

「竹の野郎にも口止めしておけ」

主人は言った。

おちかが消えたんだ。どうとりつくろおうと、噂は広まる。

その時、「すみません」と部屋の外から竹蔵が声を掛けた。

「なんだ」

「貫太親分の手先の良次が旦那に内緒でお話があると参っていますが」

おちかと亭主は番屋に捕まっていた。

貫太は千住の宿役人から十手を預かっている御用聞きの一人だ。本宿で煮しめ屋稼業をやりながらお上の仕事をしているから、煮しめ屋の親分と呼ばれているが、当人はそう呼ばれるのが嫌なようだ。

貫太は江戸で用があり、遅くに千住に戻る途中、小塚原を来る男女二人連れに会った。

こんな時刻に、雨の中、男女でどこへ行くんだ？

「待ちねえ」

貫太が何気に声を掛けたら、男が逃げた。

貫太はこの手のことに慣れていた。男が逃げたほうに跳躍すると、帯を摑んで引き倒した。顔を二発殴ったら、相手は戦闘不能になった。

手ぬぐいで口を塞ぎ、懐に入れてあった細引きで手を縛った。

女は呆然と立ち尽くしていた。

「誰だ？」

貫太が声を掛けると、女はワッと泣いた。

貫太が男の懐を改めると、三十両出て来た。

こら、ただごとじゃねえな。貫太は思った。

おひろと佐七が番屋に行くと、おちかと亭主であろう男が縛られてうなだれていた。

「こっちはお前のところのおちかだな」

貫太が言った。

「へえ、左様で」

佐七が答えて、貫太の袂に紙包みを入れた。三両は包んであるだろう。

三両で三十両が戻り、店の信用にも傷がつかない。

貫太のおかげで伊勢屋の暖簾は助かった。

おひろも頭を下げた。

「良次、伊勢屋さんまでお送りしろ」

「へえ」

佐七とおひろでは、おちかと男が逃げるかもしれないから、護衛に良次がついて来た。

良次は伊勢屋の前まで四人を送った。

佐七は良次にも二分ほど包んだ。

おちかは真面目に勤めて、しばらくしたら亭主を呼んで元の暮らしに戻りたいと思っていたようだ。

亭主に、あと二年辛抱して欲しいと手紙を書いた。

昨日、亭主が訪ねて来た。二年なんて辛抱出来ないから、逃げよう。ついては路銀を盗んで来い。

一文無しじゃ逃げられない。そう言われて、おちかは魔が差した。

主人の手文庫に金があることは知っていた。まさか三十両あるとは思わなかったが。

これだけあれば亭主ともう一度やり直せる。と思ってしまった。

「おばさんの話はなしだ」

主人は言った。

「佐七、明日、与吉(よきち)さんを呼んでおくれ」

与吉とは伊勢屋に出入りの女衒(ぜげん)だ。女衒とは、人買い。遊女の斡旋(あっせん)業、とでも言おうか。

「お上には届けないが、このままただは許さない。いいな」

主人はなるたけ低い声で言った。

おちかは、別の遊女屋、多分、奥州街道の宿場女郎に売ることにした。

十両くらいで売れればいい。これで証文を巻くはずだった五両と、貫太に渡した三両と、良次に渡した二分はなんとか取り返せる。

亭主は簀巻き(すま)にして大川に放り込みたいところだが。

「佐七、若い衆で二、三発ずつぶん殴って、朝早くに表に放り出せ」

ほとんど無罪放免だが、また何年も、おちかとは生き別れになるんだろう。いや、もう一生会えないかもしれない。


「魔が差したのはわかっている」

おひろと二人きりになってから、主人が言った。

「勘弁してやりたいが、勘弁したらしめしがつかない」

おひろは両手を畳についたまま、頭を上げられずにいた。

「おばさん稼業を二十五年もやって、おちかの性根を見抜けなかったのか。やはり、おひろ、焼きがまわったのか」

何を言われても仕方がない。と、おひろは思った。

私がおちかを誘わなければ。

あと何年か伊勢屋で遊女を勤めて、そのあとは亭主とやり直せたかもしれない。

「男が悪いんだ」

吐き棄てるように主人が言った。

「そんな馬鹿に惚れた、おちかも悪い」

亭主がいるなら、一日でも他の男に抱かれるのは嫌だろうに。なんて中途半端な親切心と、おちかが要領がいいから、おちかにあとを任せれば自分が早く辞められる、という思いもあったのかもしれない。

「おひろ、あと半年店にいてくれ」

焼きがまわったから、すぐに出て行けと言われるかと思った。

「女房の遠い親戚で、亭主に死なれて行き場のない女がいるんだ。年齢は三〇くらい。右も左もわからない堅気の女だから。仕込むのに時間は掛かるだろうが、頼むよ」

夏はあっと言う間に過ぎた。

女将の遠縁の女は、おしまといった。確かに右も左もわからなかったが、一月(ひとつき)で慣れ、あとはどんどん仕事を覚えた。

秋風が吹く頃には、おしまは女たちにも細々した気遣いを見せていた。もともとが気遣いの出来る性格なのだろう。実家は小商人で、親はおしまが困らないよう、読み書きはじめいろんな芸事を教えていた。

おしまは針が持てたので、若い衆の繕いものなどもやったりして、人気があった。

「そう言えば、俺もおひろさんに繕い物をしてもらったことがあったっけ」

佐七が言った。

ここ十年は、おひろは若い衆にその手の気遣いはしていなかった。その代わり、たまに酒を奢ったりして話を聞いたりしていた。年齢に応じて、遊女や若い衆たちとの関わり方も変わってくるのだろう。してみると、婆のおばさんもそれなりに使い道はあるのかもしれない。もう少し大きな店なら、何人かおばさんがいて、違う役割を担っているのかもしれない。

「やはり今年のうちに辞めさせていただきます」

おひろが主人に言った。

「時は決まったのか」

「いいえ。まだ」

「埒が決まるまで、いてもいいんだよ」

「いつまでも甘えてはいられませんよ」

「俺はね、遊女屋なんて碌な稼業じゃねえと思っていた」

主人が言った。

「今でも碌な稼業だとは思ってはいねえが、こういう稼業もなくてはいけないのかな、とも思いはじめている。そのきっかけは、おひろ、お前なんだ」

主人の言葉は意外だった。

私が何をしたんだ？

「客と喧嘩した女にお前が言ったんだよ。客はお前を買いに来てるんじゃない。夢を買いに来てるんだ。だから、夢を見させてあげなきゃいけないってね」

あら、私はそんなこと言ったかね。

言わないよ、多分。「夢」なんていう言葉、滅多に使わない。

でも言ったかもしれない。

はるか昔に、おひろも夢を見たことがあったんだ。


師走になり。

本宿に行ったら、花屋に水仙があった。

師走のはじめって鯉弁は言っていたね。又吉が死んで一年になる。

水仙を買おうかと思ったら、去年よりも高い値段だったので、止めた。

水仙は綺麗だが、別に水仙でなくてもいい。

そのまま店に戻り。

「旦那、明日、一日お休みをいただいていいですか」

又吉の墓参りをしようと思った。鯉弁に聞けばわかるはず。鯉弁の家は、日本橋蛎殻町というところらしい。蛎殻町っていうから海のほうだろう。まぁ、日本橋界隈まで行ったら、誰かに聞けばいい。

昼頃、神田に着いた。神田はおひろが子供の頃に住んでいたところだが、町並みも何も覚えてはいない。

懐かしいとも思わなかった。

だが、ここが神田かと思い、キョロキョロしながら歩いていたら、思わぬものが目に入った。

今川橋の手前に寄席があって、そこに「瀧川鯉弁独演会」の貼り紙がしてあった。

「鯉弁師匠はいらっしゃいますか」

法被を着た男に声を掛けたら怪訝な顔をされた。

「独演会は夕方からです。師匠はまだいらっしゃってませんよ」

あらら、せっかく鯉弁に会えると思ったのに。どうしよう。蛎殻町を訪ねても会えるかどうかわからない。ここで待っていれば、確実に鯉弁に会える。それに千住から歩いて来たので、疲れていたし、腹も減っていた。

やはりここで待とう。

そう思って飯屋を探して歩いていたら、裏長屋に迷い込んだ。

子供たちが走って来て、おひろの横を通り過ぎた。

見ると長屋の三軒目に、土間に戸板を置いて、飴、菓子や玩具を売っている店が出ていた。

これが駄菓子屋か。

近づいて見たら、軒に凧がぶらさがっていた。

なんとなく、ぼんやりと凧を見ていたら。

「お母さん、凧、買っとくれ」

随分、野太い子供の声がした。

ふり返ったら、鯉弁がいた。

「宗匠……」

「いや、寄席の者が、いましがた、ご婦人が訪ねて見えましたよ、と言うもので。誰だろうと思いましてね。そしたら、おひろさんでした」

「でも、宗匠、今の声」

「今の声？」

「ちょっと野太かったですが、子供に声を掛けられたかと」

「これが噺というものでね。声を変えずに、子供の気分で話すと、子供が喋って（しゃべ）いるように聞こえるんです」

おひろにはよくわからなかった。

「それにしても嫌ですよ、お母さんなんて」

「これは失礼しました」

「こんな大きな子供を持った覚えはありません」

鯉弁は「ふふふ」と笑って凧を見た。

「子供の頃、欲しかったんです」

「凧がですか」

「ええ。買ってもらえなかった」

見たら。あらら。八十文（約二千円）もする。

「今は独りっ子の家も多くて、暮れから正月に掛けて凧はよく売れます」

駄菓子屋の親父が言った。よぼよぼの老人だ。

そら子供が一人なら、八十文の凧なんて安いものかもしれない。

「凧上げるのが夢でした」

鯉弁が言った。

「それで凧に乗ってね、どっか遠くに飛んで行きたかった」

何を言っているんだろう、とおひろは思った。

飛んで行ったら、帰って来るのが大変じゃないか。

駄菓子屋の戸板の上には、馬や犬の木の玩具や、千代紙で作った人形なんかも置いてあった。

子供たちはこれでいろんな遊びをするんだ。遊んで、いろんな夢を見る。

「宗匠、私にも出来ませんかね」

おひろは言った。

「今度は子供に夢を売る仕事をしたいんです」

「凧、買ってーっ」

「駄目」

「そんなこと言わないで、凧、買ってーッ」

「坊や、そこんところに水溜まりがありますでしょう。あそこに寝転がってごらんなさい。お父つぁん、凧買ってくれますよ」

「悪い凧屋だねーっ」

満員の客席は鯉弁の噺に大爆笑だった。

親子が天神様参りに行く噺。何も買わない約束なのに、子供は食べ物や玩具をねだり大騒ぎ。最後は凧屋で凧を無理矢理買わせる。

おひろは客席で噺を聞いた。

あのあと、寄席がはじまるまで、茶店で鯉弁と世間話をした。ほとんど、おひろが質問をして、鯉弁が答えていた。

二人が戻ると、寄席の木戸には列が出来ていた。

鯉弁が寄席の男に何か言うと、

「ではこちらへ」

おひろは客席の前方の隅に案内された。

「今日は混み合いますので、ここでご勘弁ください」

男は言った。

しばらくすると幕が開き、若い男が次々に出ては噺を語り、四番目に鯉弁が出て、親子の天神様参りの噺をした。

鯉弁の世間話も面白いが、高座で喋る噺はもっと面白かった。子供や親になりきって話すから、登場人物の心情が伝わる。自分も子供の頃、親に我儘（わがまま）を言った。もしも子供がいたら、きっと我儘にふりまわされたろう。

そういう幸福を夢見たこともあったけれど。逆に、いろんな男たちに夢を見させて来たんだ。

もしかしたら、鯉弁の好きな仕事とは、噺をすることではないかと思った。だって、大勢の人に夢と笑いを届けている。

「すっかり遅くなってしまい申し訳ない」

あのあと、さらに長い、なんとかという人情噺を語り、寄席がお開きになったのは四つ（午後十時頃）を過ぎていた。

「駕籠で帰れば、半刻で千住に着きます」

「では、弟子に供をさせましょう」

「そんな申し訳ない」

「いえいえ、物騒だし、おひろさんは大事な人ですからね」

何が大事なのか、おひろにはよくわからない。

「講中に、茅場町界隈の長屋を持っている大家さんがいます」

鯉弁が言った。

「駄菓子屋の出来る空き店があるかもしれませんので、明日にでも聞いてみますよ」

どこまで親切な人なんだ、と、おひろは思った。

「おい、鯉萬（りまん）」

鯉弁が弟子を呼ぶと、鯉萬という弟子は仰天したように体をこわばらせて飛んで来た。今日の寄席で一番最初に出て、ほとんど一本調子で小噺を演じた男だ。

「師匠、なんでございましょう」

「お前、千住まで、おひろさんの駕籠のあとを走って供をしなさい」

「ひえーっ！　駕籠のあとを走ってですか」

「鯉萬、お前はちょっとしたことで驚き過ぎだ。これも修業だ。行って来い」

「へい」

噺家の修業も大変そうだ。鯉萬が噺を好きな仕事と言えるまでには時間が掛かるのだろう。


「昨日はどこに行っていたんだ」

翌朝、主人がおひろに聞いた。

「鯉弁師匠の噺を聞いて参りました」

おひろは正直に言った。

「なんだ。俺は昔、惚れてた男の墓参りに行ったのかと思った」

そうだ。すっかり忘れていた。又吉の墓参りがしたい、又吉の墓がどこか訊ねるために鯉弁に会いに行ったんだ。

いやだよ。やはり焼きがまわったのか。まぁ、いいや。鯉弁のおかげで、駄菓子屋をやる目処もつきそうだし、江戸に住むことになったら、改めて又吉の墓参りに行こう。おひろは思った。

その時はケチらずに水仙を買って行こう。

年季が明けたら

「まったく、お前って野郎はあきれ返った大馬鹿者だ」

長火鉢のむこうで、大家の佐兵衛は苦虫を嚙み潰したような顔で又吉を睨みつけた。

又吉は部屋の隅に足を揃えて座ったまま、何も言えずにいた。

大家と言えば親も同然。両親が死んで居ない又吉には、この世で親身になってくれる人は大家の佐兵衛と、仕事を一から仕込んでくれた経師屋の親方、仁助の二人だけである。

その大家の意見だが、これだけは聞くわけにはいかない。

惚れて惚れられた相手だ。たとえ大家さんが反対したって、俺はおひろと一緒になるんだ。

大家に呼ばれた。店賃は月末にちゃんと払っている。わざわざ呼ばれる、なんの用だろう。

大家の家は長屋の表にある小さな八百屋だ。番頭と小僧を一人ずつ雇っているが、商売気があるわけでない。

大家の佐兵衛は、又吉の住む霊岸島の九尺店の他に、茅場町の界隈に数軒の長屋を持っている。川越のほうから肥汲みに来る百姓が、肥の代金代わりに、茄子や大根、かぼちゃなど季節の野菜を置いてゆく。大根も何十本だの、茄子は百個単位だ。そうとうの量になる。とても大家一家では食べきれないので、八百屋の店を出して並べているのだ。売り切れちまえば、次に肥汲みが来るまで店は閉めちまう。なんとも暢気な商売である。

「番頭さん、大家さんが呼んでるって?」

「ああ。なんかいい話みたいだよ。へへへ」

番頭の喜助が笑った。

喜助は善意の塊のような男だ。元は腕のいい大工だったそうだが、怪我をして仕事を辞めた。幸い字が読めて多少算盤が出来たから、大家が番頭として雇ったらしい。八百屋の店番の他にも大家の家の差配も行っている。なんのかんので忙しく使われてはいるが、喜助一家は大家のおかげで一家心中を免れた。

他にも佐兵衛の長屋の住人で、仕事や嫁を世話してもらった若い男は随分いる。困っている人を見ると黙っていられない、ようは世話好きな男なのだ。

「おう、来たな、又吉」

佐兵衛はニコニコと笑っていた。何かよほど嬉しい用件には違いないが、佐兵衛と共通の嬉しい話題に、又吉はまったく心当たりがなかった。

「婆さん、お茶と羊羹を持ってきな」

大家の家でお茶が出ることなどない。

大家の家には月末に店賃を持って行く。

喜助が集金に来る家もあるが、又吉とあと何人かの若い男は、大家の家に持って来るように言われているのだ。

大家と言えば親も同然なのだから、佐兵衛は独り者の又吉が心配のようで、この時とばかりいろいろなことを聞いてくる。

「仕事はどうだ」「飯はちゃんと食っているか」「誰と付き合っているんだ」「酒や博打はやってはいないだろうな」

そんなことを聞くだけだ。

又吉は「仕事は順調」「飯は三度三度食っている」「友達は仕事仲間に、長屋の熊公と金公」「酒は付き合い程度には飲むが、博打はやっていない」と言えば、「うんうん。これからも真面目に一生懸命やりなよ」と言われるだけだ。

又吉の決まった答えさえ聞けば安心するのだろう。

「よし、もう帰っていいぞ」

飯ぐらい食わせてくれてもいいようなものだが、茶も出さずに追い返されるのである。

それが今日は羊羹を出すという。

どういう風の吹き回しだろうか。

それに妙にニコニコしているのは、何かあるんじゃなかろうか。

又吉は佐兵衛の態度にただならぬものを感じていた。

「又吉、喜べ。およしが帰って来るんだ」

佐兵衛は言った。

およし？　誰だ？

帰って来るって、どこかに行っていたのか？

「なんだ忘れちまったのか」

呆(あき)れたような声で佐兵衛は言った。

およしという女には、まったく覚えがなかった。

「熊の妹だよ」

熊の妹？　およし坊か？

熊の妹と聞いて、又吉ははじめてその女の面影(おもかげ)を思い出した。

それは七歳くらいの妙に大人びた少女だった。

藪(やぶ)入りで家に戻った時に会った。確か絵草紙の好きな女の子だった。およしに関しては、そのくらいしか思い出せない。

熊は又吉の幼馴染みだ。ホントの名前は確か熊五郎だと思う。

同じ長屋の隣同士だった。親同士も仲が良く、熊とは子供の頃から泥だらけになってよく遊んだ。

又吉は独りっ子だったが、熊には弟や妹が何人かいた。およし？　何番目の妹だろう。確か七つくらい年齢が離れていたはずだ。七つ下だと、いま、一七歳か。

「奉公の年季が明けて戻ってくるんだ」

「そうですか」

「そうですかじゃない。馬鹿野郎」

「なんです、馬鹿野郎ってえのは」

「馬鹿野郎じゃなきゃ薄のろだ」

さっきまでのニコニコ顔はどこへやら。佐兵衛は急に又吉を罵倒しはじめた。

「お爺さん、又さんにまだ何も言ってないんですから、わかるわけがないでしょう」

大家のかみさんがお茶と羊羹を持って来て言った。

「あ、そうだった。まだ何も言ってなかった。だが、言わなくても察してもよかろう」

両国の透視術じゃあるまいし。何も言わないことが察せるわけがない。

又吉が出された茶を一口飲んで喉を湿したのを見計らい、佐兵衛はゆっくりとした口調で言った。

「なぁ、又よ。およしが年季が明けて戻ってくる。お前、嫁にもらう気はねえか」

又吉は今年二四歳になる。経師屋の職人だ。

一〇歳の時に、茅場町の経師屋の親方、仁助のもとへ修業に出た。

又吉の親父は棒手振りの小商人だった。真面目なだけが取り得の男で、小さな商売を堅実にやっていた。親父の小さな商売を継いでも仕方がない。何か手に職があれば、もっといい暮らしが出来るはずと、父親はほうぼう人に伝を頼り、仁助親方を紹介されて話をしてくれた。

十年、仁助のもとで修業をし、一年の礼奉公をした。その間、又吉が一七歳の時に、両親は流行病で亡くなった。

二一歳で独立した。独立と言っても、佐兵衛の家作の九尺店を借りて、そこから仁助の家に通う、通い職人になったわけだ。

「わざわざ店なんか借りなくたって。家にいれば飯の心配もいらないし。店を借りるのは、もう少し銭を貯めてからでもいいんじゃないかい」

仁助の女房のおとくは言った。

親切を絵に描いたような世話焼きのおかみさんだ。

「何を言ってやがるんでえ。他人の家の飯なんてえのはな、決してうまいもんじゃねえんだよ」

そう言ったのは仁助だ。

「あら、私の作る飯がまずいって言うのかい」

江戸っ子の女房だ。おとくはちょいと中っ腹になった。

「お前の飯がどうのじゃねえよ」

仁助は笑いながら言った。

「たとえ、おかずが沢庵一切れだってな、自分の家で炊いた飯のほうが、どんなご馳走を出されるよりもうまいんだよ」

仁助も若い頃、親方のもとで修業をした身だ。他人の家に住んで修業する苦労は嫌というほど味わってきているのだ。年季が明ければ、親方の家を出たい若者の気持ちはわからなくはない。

「でもさ、私は心配なんだよ。若い者は魔が差すっていうのがあるからさ」

おとくが言うのは、これまでにも、独立したはいいが、酒や女や博打に溺れて身を持ち崩した若い者を見て来ているからだ。

「だから、佐兵衛さんの長屋に住まわすんだ。あの大家さんが付いていれば大丈夫だ」

もともと、又吉の親も佐兵衛の家作に住んでいた。昔馴染みである。

佐兵衛の家作の中には、家族で住む広い家もあれば、若い者の一人暮らしに手頃な九尺店もあり、ちょうど霊岸島の佐兵衛の家と棟続きの九尺店が空いていた。霊岸島と茅場町は目と鼻の先である。

仁助が佐兵衛に話をすると、

「ああ。棒手振りだった又兵衛の倅だろう。よく知っているよ。万事。私に任せておくれ」

と二つ返事で店を貸してくれたのだ。

又吉は独立して三年が経った。

職人の給金は、晦日と一四日、半月ごとに支払われる。又吉の場合、最初の一年が銀三十八匁（約七万六千円）、それから少しずつ上がって、今では銀六十匁（約十二万円）、多い時は八十匁（約十六万円）ほどは稼ぐ。

職人としても、この年齢ではいい稼ぎだ。

この仕事は又吉さんに、と声が掛かることもある。

店賃が月に四百文（約一万円）。又吉の住んでいるような九尺店は、当時は店賃が無料のところもあった。百姓が汲みに来る肥の代金が大家の収入になるので無料になるのだが、又吉の家は間口こそ九尺だが奥行きが若干多く三間ちょっとあった。やや広いために、四百文の店賃だが、又吉の稼ぎからしたら安いほうだ。

又吉にしても、それだけの稼ぎがあればもう少し広い家に引っ越してもいい頃だった。

江戸っ子は引越しが好きだ。職人として腕が上がる、商人として成功する、つまり稼ぎが増えたという証しで広い家に引っ越す。これが一つの自慢になったのだ。

又吉も、そろそろ嫁をもらい所帯を持って、広い家に引っ越してもいい頃だ。それだけの稼ぎはある。

佐兵衛も仁助もおとくも、そのことは気に掛けていた。

「誰かいい娘はいませんかねえ」

仁助は佐兵衛と道で会うと、よくそう声を掛けていた。

「気に掛けておきましょう」

佐兵衛にしても、若い独り者は心配の種だ。嫁さえもらって、一家を構えれば一安心出来る。

そんな時に、熊五郎の妹のおよしが奉公の年季が明けるという知らせがあった。

熊五郎も又吉と同じく、一〇歳で大工の修業をはじめた。今では独立して、やはり佐兵衛の九尺店に住みながら棟梁のもとへ通っている。

「あんなお転婆ですが、もらってくれる酔狂はおりやせんでしょうか」

ある時、熊五郎からそう言われた。

「おいおい、それならちょうどいいのがいるじゃねえか」

佐兵衛はほくそ笑んだ。

昔馴染みだ。又吉とは友達の熊五郎、その妹のおよしがもうじき奉公の年季が明ける。知らない仲ではない。これは絶好の嫁ではないか。

「熊、灯台もと暗しって言葉を知っているか」

「なんです、唐茄子のもとに蔵が建つ？」

「灯台もと暗しだよ。足元は見え難いって話だ」

「冗談言っちゃいけねえ。足元が見えなきゃ、危なくてしょうがない」

「わからねえ野郎だなぁ。幸福は案外近くにあるって話だよ」

「大家さん、一体なんの話です？」

「およしの相手だよ」

「えーっ、誰かいい野郎がいますか」

「いるんだ、それが。ふふふ。経師屋の又吉でどうだ」

「えっ、又吉って、友達の又吉ですか」

「文句はあるか」

「又吉なら文句はねえ。又吉がおよしと一緒になるってことは、つまりなんですか、又吉が俺の弟になるってことですか」

「そういうことになるな」

「そら嬉しいや。あいつとは子供ン時からの友達です。その又吉が弟にねえ」

「いい話だろう」

「いい話だ」

「少しは俺に感謝しろ」

「ええ。少しだけ感謝します」

「なんだ、少しだけとは」

これで万事うまくゆくはずだった。

ところが……。

「惚れている女がいる」

又吉は言った。

どういうことだ？

「その女と一緒になりたい。約束もしている。ついてはおよしの話はなかったことにして欲しい」

佐兵衛は驚いた。

相手はどこの娘か女中かは知らないが、親も同然の大家の知らない相手と「一緒になりたい」。そんな理不尽はない。

だが、頭ごなしに怒鳴りつけてもはじまらない。

ここは又吉にとって何が一番最善かを考えてやるのが親の務めではないか。

佐兵衛はとりあえず落ち着こうと思った。

煙草だ。こういう時には煙草に限る。

銀の煙管に手をのばし、煙草入れの国分を詰めて長火鉢の炭で火をつけて大きく一服吸った。

「お前の言いたいことはわかった。そんなに言うなら、およしのことは諦めよう」

佐兵衛はそれも仕方がないと思った。

惚れたと言うのなら、その娘と所帯を持つのも一つかもしれない。

およしには別のいい男を見つけてやればいい。一七歳の娘の相手になろうとい
う独り者の男は江戸の街にはゴロゴロいるんだ。およしのほうは大丈夫だ。

問題は又吉だ。一体どんな女と一緒になりたいと言うのだ。

「で、そのお前が惚れたという女は、一体どこの娘さんだ」

佐兵衛の問いに、又吉は答えなかった。

「おいおい、家柄とか、そんなことを言ってるんじゃない。どんな家の娘さんだって構いはしないが、その娘さんを嫁に迎えるについては、ちゃんと親御さんに話をしなければならないだろう。俺が話しに行ってやろうってんだ。相手の親御さんは一体どこのどなただい？」

「親は、よくわからないんです」

又吉がやっと口を開いた。

「娘さんじゃない？　どこかのお店かお屋敷に奉公している女中かい？」

又吉はまた黙った。

「おいおい、たとえ相手がお店かお屋敷に奉公している女中だとしても、親がいねえなんていうことはない。惚れた腫れたで付き合って言い交わしたんなら、相手の親にも会ったんだろう」

又吉は黙ったままだった。

「親に会ってないのか」

又吉は頷いた。

佐兵衛は中っ腹になった。

惚れた腫れたはいい。一緒になろうと言い交わすのも仕方ない。だが、それほど想って一緒になりたいと思っているのに、親にも会ってないとはどういうことだ。それじゃ、ただの浮気じゃねえか。

浮気というと、現代では不倫関係を言うが、当時は独身同士の恋愛も浮気と呼ばれた。結婚を前提としない、浮ついた色恋が認められない時代であったのだ。

親が承知でない相手と言い交わしたもねえもんだ。

だが、佐兵衛はちょっと安心した。浮気なら、浮気でそれはいい。なら、そんな浮ついた女とは別れて、およしと一緒になって万事収まれば済む話じゃねえか。

「親の承知でない相手か。そんな女はよせ。やめろ」

佐兵衛は言った。

又吉は顔を上げた。

「どこの娘か女中かは知らないが、親も承知でない、大家の俺も知らない、そんな女の惚れた腫れたなんぞは浮気に違いねえ」

「浮気ってどういうことです」

「色恋なんざぁ、俺が許さない」

もともと色だの恋だのっていうのは、堅気の使う言葉ではないのだ。

男と女だから。あの女はちょいといいなぁ。あの男は親切だから、ああいう人と添えたらいい、そんなことは誰でも思う。何かのきっかけがあって、惚れた同士で一緒になることもあるだろう。

だがそれでも手順というものがある。親も承知、大家も承知で、しかるべき仲人を立てて一緒になるのが人の道だ。お互いだけで言い交わしただけの言葉に真実なんてあるものか。

だいたいが、親に会わせていない男と言い交わすなんぞは、まともな女のすることではない。

「お前は騙されているんだ」

「騙されているってどういうことです？」

「あー、騙されているに違いはない」

「騙されてなんかねえ」

又吉が強い口調で言った。

そこまで大家に言うのか。なら、言いたくないことも言わねばなるまいな。こういう言い方をしたら、お前は傷つくかもしれねえが、それが世間の道理ってえもんだから教えてやるんだ。いいか、よく聞けよ。

「笑わせやがる」

佐兵衛はふたたび銀煙管に国分を詰めなおしながら言った。

「そんな浮気な女だ。お前はお前一人だと思っているだろうが、お前の知らないところでその女が他の男と情を交わしているかもしれねえぞ」

これを言ったら、流石（さすが）にちょっと可哀相な気もした。

だが、浮気な女なんてえのは、そういうものだ。それを教えてやるんだ。どうだ、又吉？

また又吉は黙った。

佐兵衛は煙草を吸った。

しばらく沈黙が流れた。沈黙を破ったのは又吉だった。

「それはそうでしょうけれど」

それはそうでしょうけれど？

佐兵衛は咽た。

なんだ又吉、お前はお前の女が他の男と情を交わしているかもしれないという
のを認めるのか。

他の男と情を交わしているかもしれない女と所帯を持とうというのか？

大丈夫か？

「おい、お前、言っている意味がわかっているのか」

佐兵衛のほうが狼狽して訊ねた。

又吉は頷いた。

「お前、いいか、よく考えろ。自分の女房になろうという女が、他の男と情を交
わしているかもしれない。それでお前、平気なのか」

「身を削られるような思いです」

「まさか、お前の女ってえのは？」

「あれから、もう二年だね」

おひろが呟いた。

そうか、もう二年になるのか。と又吉は思った。

又吉がおひろのところに来られるのは、給金をもらう晦日と一四日だけである。だから二年と言っても、おひろと会っているのは二十回くらいのことである。

しかも廻し部屋という、二畳ほどの部屋を薄い壁で仕切った部屋である。

「だらしねえ話だ。職人の稼ぎじゃ、晦日と一四日にしか通って来られねえ」

「いいんだよ。嬉しかった。一二歳で吉原に勤めて、一四歳ではじめて客とって。それから干支を一まわり。すっかり女郎という稼業が板についたが、さて、この先どうしよう。年季が明けても行くところもなし。品川か板橋へ住み替えるか、その後は、もっと田舎の宿場女郎にでもなるか。それも駄目なら、地獄で客とるか、ゴザ抱えて夜鷹になるか。そんな時にお前さんに会って、神様がこの人を寄越してくれたんだと思った」

「根津や谷中でお茶引くよりも、わたしゃ田の草取るがいい」

二上がり新内の文句だ。

根津や谷中は、私娼のあった街である。そこで女郎となってお茶を引く、つまり客がつかずにいるよりは、堅気になって田の草を取るほうがいい。いや、女郎たちは堅気になりたかった。

堅気になって所帯を持って、そうすれば子供も出来て、人並みの暮らしが出来る。

「年季が明けたらお前のもとへ、きっと行きます断わりに」

「年季が明けたら夫婦になろう」。女郎は客と口約束をするが、それは客を繋ぎとめるための方便。実際に年季が明けたって、女は来やしない。

だがホントは違う。年季が明けて訪ねて行っても、男のほうが世間体をはばかって女を拒む場合が多かった。

田の草を取りたくても取れずに、また女郎に戻る女も多くいたのだ。

二年前。

又吉は仁助の供で吉原にある中見世の襖の張替えに行った。

三日目でほぼ仕事も片付いて、仁助は昼前に引き上げた。

「あと片付けをしたら、今日はもう家に帰っていいよ」

と言われ。

又吉が帰ろうとしたら雨が降り出した。

「傘を貸しましょう」

見世の若い衆が言ったが、吉原まで傘を返しに来るのが億劫だった。

「大丈夫です。むこうが晴れている。夕立でござんしょう。少しの間だけ雨宿りさせてください」

「それは構いませんが。それじゃ、そこへお掛けなさい」

又吉は床几に腰をおろして雨の止むのを待った。

女が通り掛かった。

湯上がりの上気した顔の女だった。これから化粧をするのであろう。やや色も黒く唇も薄かった。

「嫌だよ。変な顔、見られちまった」

女が言った。

変な顔だなんて、とんでもない、と又吉は思った。

うりざね顔のいい女だ。

又吉はこれまで、女を意識して見たことはなかった。

だが多分、自分が思ういい女っていうのは、こういう女なんじゃないか、とその女を見て思った。


又吉が客としてはじめて吉原へ行ったのは次の一四日だった。

すっかり化粧をしているから、わからねえかと思ったが、又吉には張り店にいる女がすぐにわかった。

「へえ、どうもご愉快はいかがで」

声を掛けた若い衆が又吉だと気付いた。

「おや、これは又吉さん」

「どうも……」

「こんなにすぐ来ていただけるなら、あの時、傘をお貸ししておけばよかったですなぁ」

若い衆は調子がよかった。

「今日はお見立ては？」

お見立てとは、現代で言えば、「指名」になるんだろうか。

又吉に吉原の符牒はわからない。どうしていいやらわからない客の心を読むのも若い衆だ。又吉の視線の先にいる女を、素早く読み取った若い衆が、

「薄墨さんですかい。隅に置けませんねえ」

と言った。


「薄墨でなく。おひろって呼んどくれ」

三度目に薄墨を見立てた夜、薄墨は又吉の腕の中でそうつぶやいた。

「おひろ?」

「おひろ。それが私のホントの名前だよ」

「薄墨っていうのは?」

「源氏名」

「源氏名?」

「お前さん、なんにも知らないんだね。この里の女はね、里の名前があるんだよ」

「じゃ、薄墨ってえのはホントの名前じゃないのか」

「馬鹿だね。源氏物語じゃないんだよ。薄墨なんて名前があるものか」

「そら、そうだな」

「ホントの名前はおひろって言うのさ。だから、お前さん、二人きりの時は、おひろって呼んどくれ」

「婆さん、煙草がない。買って来てくれ」

佐兵衛は一体何服煙草を吸ったことだろう。煙草入れの中は空っぽになっていた。

買い置きがあったのか、大家の女房はすぐに煙草の葉を煙草入れに詰めて長火鉢の横に置いた。

佐兵衛はまた一服つけた。

又吉が惚れている女は吉原の女だ。年季が明けたら夫婦になろうと言われ舞い上がっている。手練に騙されているだけである。

いや、仮に女が騙しているのではなく、ホントに又吉に惚れて女房になりたいと言うのなら、それはもっと困る話だ。

又吉は死んだ又兵衛と経師屋の仁助親方から託された大事な若者だ。世間体の悪い真似はさせられない。

「だいたい、堅気の職人が女郎なんぞと一緒になれるわけがねえ」

「なんでです、大家さん。世間には、女郎を身請けした話や、年季が明けて夫婦になった者もいくらもいますでしょう」

又吉は精一杯の声で言った。

「それがお前は甘いって言うんだよ」

佐兵衛はもうすぐ、六〇歳になる。親の代から大家をやって来て、九尺店だけでなく、家族で住む部屋が三つに小さな庭の付いた長屋もあるし、町役人も勤めていた。いろいろな人間を見ている。

確かに又吉の言うように、年季が明けた吉原の女と夫婦になった者もいた。しかし、その末路が哀れに終わったこともよく知っていた。

佐兵衛が反対する理由は世間体だけではない。

「なぁ、又吉よ。お前、その女のもとに通って何年になるよ」

「かれこれ二年になります」

「二年か」

何故二年も気がつかなかったのか。佐兵衛は後悔した。

「今、いくら銭を持っている？」、こう聞けばよかったのだ。いい手間を稼ぐ職人の又吉がもし銭を持っていなかったら、女か博打に使っていることがすぐにわかる。

他人の懐をいちいち聞くのが、しみったれた了見に見えて嫌だった。だから、その一言を聞けなかったことを、佐兵衛は悔やんだ。

「お前の手間は月にいくらだ」

「銀で百二十匁か、多い時は百五十はもらっています」

金に直して二両から三両といったところだ。店賃が四百文に、米が三百文。男一人なら月に銭一貫（約千文）もあれば十分に暮らせる。仲間の付き合いで酒を飲んだり、床屋に行ったり、たまに着物の一枚を作ったとしても、月に一両、いや、二両近くは貯金が出来るはず。二年だからもう四、五十両貯まっていてもおかしくはないはずだ。

「お前、二年で女にいくら使ったのかわかっているのか？」

佐兵衛は言葉を選びながら詰め寄った。

「算盤を貸そうか」

「そんなものはいらねえよ」

「お前、いま、いくら持っている」

又吉は無言だった。

「銭はいくら持っているんだ」

佐兵衛が強い口調で言った。

「一両も持っちゃいまい。全部、その女に使っちまったんだよ」

「そんなことはない」

「喜助、算盤を持って来い」

「算盤なんかいらねえ」

又吉が怒鳴ったので、部屋の表で算盤を持って来た喜助が驚いた。

「番頭さん、すまないね。驚かして、すまない」

佐兵衛は落ち着いて言い、喜助から算盤を受け取った。

吉原の揚げ代がいくらかなんて佐兵衛は知らない。だが、銀で百二十匁稼ぐ又吉がほとんど銭を使っちまっているところから見て、おおよその見当は付く。揚げ代の他に、若い衆への祝儀や、酒肴をとったりもするんだろう。だいたい一回で一両だ。

パチリ。一両入れる。一四日と晦日で、パチリ。二両入る。それが二年だ。パチリ、パチリ。

　佐兵衛は又吉の前に算盤を置いた。

「もしも、その女に実があったら、月に二度来るところを一度にして、夫婦になる時の蓄えにしろと何故言えないんだ」

「勤めが辛い」

　おひろは時々そう言った。

　見知らぬ男に抱かれるのが、辛くて、死にたくなる。

　そんな時には、男に抱かれながら日を数えると言った。

「なんだい日を数えるって」

「一四日まで、あと七日とかいう風に。お前さんが来る日を数えて待っているんだよ。そうすれば死にたいっていう気持ちは薄れてゆくんだ」

「まぁ、いいさ。もしお前が女に騙されていなかったとしよう」

　佐兵衛はまたも言葉を選んで話しはじめた。

「惚れて惚れられ、年季が明けて一緒になった。さぁ、どうするよ」

「どうするって？」

「お前の九尺店は独り者の男ばかりが住んでいる。そんな長屋に女郎上がりの女房を一人置いておけるのか」

確かに好奇な目で見られるだろう。

夜なんかも聞き耳を立てられる。何せ長屋の壁は薄い。

井戸や厠を使うのも、おひろには辛いことかもしれない。

「どっかへ引っ越すさ」

又吉は言った。

「引っ越す銭はどこにあるんだ。広い家に引っ越して、どうやって店賃を払うんだ」

「一生懸命働くよ」

月に銀百二十匁。普通にやりくりの出来る女房なら不足な金額ではない。

「だがな、その女は吉原の女だぞ。上げ膳据え膳、贅沢の染み付いた女をたかが職人のお前がどうやって食わしてゆくんだ」

又吉はまた黙った。必死で言葉を探している。

「大丈夫。なんとかなる」

「ならねえ」

「なるよ。今は贅沢が染み付いていても、ちゃんと職人の女房の暮らしをわからせる」

又吉は涙目になっていた。

「砂糖の味を知らねえ奴は芋を食べても甘いと喜ぶ。だが一度でも砂糖を舐めたら、もう芋なんかは食いたくもなくなる。それが人間というものだ」

佐兵衛は手紙を二本書いて、小僧を使いに走らせた。

一本は茅場町の仁助のところだ。

しばらくして、仁助がやって来た。

「大家さん、事情はわかりました。あっしも気がつきませんでした」

「いや、仁助さんからこの野郎をお預かりしていながら、これは私のしくじりでございます」

佐兵衛は頭を下げた。

「で、どういたします」

「しばらく反省させないといけません」

「はい」

「仁助さんの家に置いてやってくださいませんか」

「もとより、うちの職人です。修業のやり直しと思って、うちで面倒をみます」

「よろしくお願いいたします」

その日のうちに、又吉は仁助の家に引き取られた。佐兵衛の九尺店は引き払い、喜助が立ち会って道具類は道具屋に売り払った。

稼ぎのほとんどをおひろに注ぎ込んでいたのだろう。道具もたいした物は揃ってはいなかった。

もう一通の手紙は佐兵衛が懇意にしている狂歌の宗匠のところへ届けた。宗匠からの返事は、「今日は忙しいので数日後にうかがう」とのことだった。

「もう一軒行って来い」

最後に小僧は熊五郎の家に走らされた。

熊五郎はすぐに来た。

「そういうわけでな、申し訳ないが、およしと又吉の件は諦めて欲しいんだ」

「するってえと、なんですか、又の野郎はその吉原の女と一緒になるんですか？」

　熊五郎は聞いた。

「いや、大家として、そんな真似はさせねえ」

　佐兵衛はきっぱり言った。

「なら、待ちますよ」

　熊五郎は言った。

「およしはしばらく家で引き取って、又の野郎がその吉原の女のことを忘れるまで、待ちます」

「お前が待つわけじゃない。およしの相手なら、いくらでもいる」

「又の話を聞く前なら、誰でもよかった。およしを幸福にしてくれる男なら誰でもよかったんですがね。やっぱりねえ、大家さん、昔からの友達の又吉が義理の弟になる、そう思ったらね、嬉しくてねえ」

「お前が婿をもらうんじゃねえぞ」

「あっしが嫁に行きたいくらいです」

　そんな髭っ面の嫁がいるか、と佐兵衛は胸のうちで思った。

「まぁ、これはお前の問題じゃない。およしの気持ち次第だ。奉公から戻ったら一度連れておいで」

一四日になった。

仁助は又吉に給金を渡さなかった。

「銭は預かる。お前が所帯を持つ時にまとめて渡す」

「そんな親方、俺の稼いだ銭です」

「まぁ、お前も、仲間とうどんくらいは食いたいだろう」

仁助は四文銭百枚束にした銭（約一万円）を、銭函から出した。

濠端（ほりばた）を何時も歩いたが、何もいい考えは浮かばなかった。

銭がなければ、吉原は何も出来やしない。

親方に稼ぎを預かられては手も足も出やしない。

一四日に又吉が訪ねて行かなかったら、おひろはどう思うだろうか。

都合で来られないだけだと思うか。

心変わりをしたと思うだろうか。

「おひろはどうなるんです？」

又吉が佐兵衛の家を辞す時に最後に言った。

「大丈夫だよ。お前がその女にとって一番の男かもしれないが、二番三番もいるんだ」

歩き疲れて、腹も減っていた。

夜鷹そばでも食うか。腹が満ちれば、何か考えも浮かぶかもしれない。

濠端に荷をおろして商売をしているそば屋があった。

又吉は駆け寄り、声を掛けた。

「何が出来るんだい」

「花巻にしっぽくです」

「しっぽくを熱くしてくれ」

花巻は海苔の乗ったそば、しっぽくは竹輪が入ったそばだ。

そばを食べ、懐の銭の束から、四文銭を数枚抜き取ってそば屋に渡した。

「旦那、これからお楽しみですか」

そば屋が言い、ツボを伏せる仕草を見せた。

小銭の束を持っている。小額の博打に行く客だと思ったのだろう。

博打でこの銭を増やせば、おひろのところに行かれるかもしれない。

「どこでやってるんだ」

又吉は聞いた。

「このあたりだと、箱崎(はこざき)の藤助(とうすけ)親分の家の二階に、今頃集まりはじめているところですよ」

そういうところがそば屋の上客でもあるのだろう。夜が更けた頃に、そっと商売に行くつもりなのだ。この時代、博打はあちこちで行われていたが、違法である。検挙されれば島流しになることもあった。

濠端を急ぎ、橋を渡れば箱崎だ。

もはや銭を稼ぐ方法はそれしかなかった。

駄目でも仕方がない。

万が一捕まれば、悪くすれば島流し、よくても入墨刑になる。そうなったら、堅気の職人ではいられないかもしれない。

だが、うまくすれば、うまく目が出れば、おひろに会えるかもしれないのだ。

おひろに会えるのなら、島流しになっても構わないと思った。

いや、堅気の職人であることでおひろと一緒になれないのなら、職人なんて辞めてもいいと思った。

橋を渡ったところで、

「おい」

又吉は呼び止められた。

役人に呼び止められたかと思い、ハッとした。

もしかしたら、あのそば屋が岡っ引きの手下だった可能性もある。そう思うと背中に冷たいものが走った。

島流しになってもいいと思った決意が、大きく崩れた。

足がふるえた。

だが、ここは博打場ではない。ここで捕まってもなんの罪にもならないだろう。そう考えて、又吉は思い切って、ふり返った。

「誰だ」

「俺だ」

ふり返ると、熊五郎が立っていた。

熊だとわかり緊張がほぐれた。

だが足のふるえはまだ止まっていなかった。

「なんだよ、熊か。驚かしやがるぜ」

安心した又吉の頬に鋭い痛みが走った。

熊がいきなり又吉を殴りつけた。

足がおぼつかず、又吉はその場に尻もちをついた。

「何をしやがる」

突然のことに又吉は驚いた。

「手前は、手前は。およしのどこが気に入らねえんだ」

そうか。熊は又吉がおよしとの縁談を断わったことを怒っているのか。又吉はやっと気がついた。

いや、別に俺はおよしがどうのじゃねえんだ。ただ、おひろっていう想い想われた女がいるんだ。

「そんな小便女郎のどこがいいんだ！」

おひろのことを小便女郎と言われ、又吉も腹が立った。

だが立ち上がる前に熊が摑みかかって来た。

しばらくは一方的に殴られた。

「小便女郎と別れて、およしと一緒になりやがれ」

「何を」

又吉は手をのばして、熊の顔を掻き毟った。

「上等だ。とことんやってやる」

半刻後、濠端に血まみれになって二人の男が倒れていた。

「およしと一緒になってやってくれ」

熊がつぶやいた。

又吉は何も言わなかった。

しばらくして又吉は立ち上がると、ふらふらと歩いて行った。

「待て。待ちやがれ」

熊五郎は言ったが、声になったかどうかもわからない。熊五郎は足腰が痛くて立ち上がれなかった。

しばらくして、ようやく立ち上がり、ふらふらと又吉の立ち去ったほうを追った。

方角は北の方だから。吉原へ行きやがったのか。

だが、半町ほど行くと、用水桶により掛かるように、又吉が倒れていた。なんとか歩いて吉原に行こうと思ったが、やはりここで力尽きたのか。手には四文銭の束が握られていた。

「又！」熊五郎が声を掛けると、又吉は声にならないような声で。

「おひろ……」とつぶやいた。


「手に取るな、やはり野に置けれんげ草」

宗匠がポツリと言った。

佐兵衛の家の奥座敷。数日後、約束通り、狂歌の宗匠がやって来た。

この時代、狂歌や川柳が富裕町人の間でおおいに流行していた。

宗匠はそうした富裕町人たちに狂歌を教えたり、座敷に呼ばれて狂歌を作ったりして生計を立てている。

この宗匠は佐兵衛より一まわり年上の老人だったが、まだまだ元気で、あちこちの小金持ちの家を訪ね歩いては、話し相手になって小遣いをもらっているようだ。暢気（のんき）な商売の男である。

「どのような意味でございますか」

佐兵衛が訊（たず）ねた。

「いや、これは狂歌でなく川柳でしてな」

宗匠は説明をした。

「れんげ草などの野草は野に咲いているから美しい。摘んで家に持って帰って飾っても決していいものではございません。あの里の女性はあの里にいるから美しい、それを女房にしても価値はないという意味ですな」

「又吉に聞かせてやりたいものですな」

佐兵衛は嘆息を漏らした。

「惚れて惚れられ、惚れられ惚れて、惚れられ惚れた、ことがない」

宗匠はまたポツリと言った。

「それは一体？」

「これは都々逸でございます」

宗匠はフッと笑った。

「ご冗談を」

「私も若い頃、あの里には随分通いましたがな、心底女に惚れられたことはございません」

宗匠は言った。

「狂歌にはこんなのもございます。傾城の恋はまことの恋ならで、金持って来いがホンのこいなり」

「騙されているだけなら、それはそれでいい経験なのかもしれませんがな」

「はぁ」

「もしかしたら、本気で惚れ合っているかもしれないんです」

「なら添わせてやっても」と言おうと思ったが、宗匠は黙った。佐兵衛は大事な客だから、その意を汲んでやるのが道だと思った。

「私はあの里のことには疎いもので、こうして宗匠にお願いをしているのでございます」

佐兵衛が真顔で言った。

「あまり気の乗らない話ですな。ほれ、これも都々逸ですがね。人の恋路を邪魔する奴は、馬に蹴られて死んじまえ」

「宗匠！」

「これは失礼」

「私はねえ、又吉みたいな奴を何人も見て来たんです。浮き草稼業の女と一緒になった。はじめはいい。楽しくて浮かれて。でもすぐに手詰まり金詰まりになる。金が敵の世の中とはよく言った。で、その揚句には、惚れた女を我が手でふたたび廓に沈めた、なんて奴もいたんです。もしも又吉がそんな風になったら。そんなのは、もう誰も見たくないんです」

佐兵衛は目を赤くして叫んでいた。

仁助が銭を渡さないから、又吉は吉原には行かれないはずだ。

だが惚れた想いが募り、又吉がどこかで銭を工面して吉原に行かないとも限らない。

なんとしても、その女を断ち切らねば、安心は出来ない。

宗匠はため息を漏らした。

「蜀山人という方の狂歌にこんなのがございます」

宗匠が言った。

「楽しみは春の桜に秋の月、家族揃って三度食う飯。又吉さんが吉原の女と一緒になっても、夫婦二人に子供が一人か二人、ささやかな家庭を持って、普通以下でも家族仲良く幸せに暮らせないとは限りませんがな」

「そうかもしれないが、私にとっても、又吉は家族です。死んだ又兵衛に託された、大事な息子なんです。息子を絶対に不幸にはしたくないんです。危ない真似はさせたくない。わかってください」

小さな髷(まげ)をくゆらせながら、佐兵衛は宗匠に頭を下げた。

「一旦この里に身を沈めた女は幸福になっちゃいけないんですか」

おひろが顔を上げて言った。

客の男は黙った。

三〇歳をちょっと過ぎたくらいの商人風の男で、「今日は昼遊びだよ」と八つ頃に見世に来て、薄墨をお見立てでした。

蒲団を挟んで向かい合って、もう半刻、二人は小声で話していた。

「聞いてくださいよ、旦那」

おひろが言った。

「先月の一四日、あの人が来てくれなくなったあの日にね、私はあの人に大事な話をするはずだったんです」

前日に、おひろは妓楼の主人に呼ばれた。

おひろの年季はまだ二年残っていたが、主人は情の厚い男だった。どうやら堅気の職人の間夫(まぶ)がいるようだから、もしその男と添うつもりならば証文を巻いてやってもいい、つまり借金を割り引いてもいいと言い出したのだ。

ホントのところは、二六歳になる薄墨の人気が少し落ちて来たので、そろそろこのへんで若い女と交替させてもいいんではないか、潮時だと思っていた。品川か千住に住み替えさせてもいいのだが、どうやら薄墨には想い想われている堅気の間夫がいるようだ。そう知った時に、ちょっとした親切心が主人の心に湧いた。

世の中にはただ親切な人なんてそうそういない。だが、いろんな事情の中で、ちょっとした親切心が頭を持ち上げることはあるものなのだ。

証文を巻いてやれば。いくらの銭でもないことで、俺は「いい人」になれる。一生薄墨に感謝されるだろう。

年季が明ける。

夫婦になれる。

所帯を持って家族になって。もしかしたら子供もいる家族になれたかもしれない。そうなんだよ。吉原に売られる前、おひろは両親に可愛いがられて、何不自由なく暮らしていた記憶がある。父親が病になったのか、商売が傾いたのか、何かの事情があって吉原に売られた。その前の暮らしに、もしかしたら戻れるかもしれない。

「お前さんと、晴れて所帯が持てるんだよ」

今日、又吉が来たら、そう言ってやろう。

どんなに喜ぶだろうか。

いや、もしかしたら。

「何を言ってやがるんだ。堅気の職人が女郎なんかと夫婦になれるわけねえだろう」

そう言われるかもしれない不安もあった。

でも、又吉なら。きっと喜んでくれるはず。

そう自分に言いきかせて又吉の来るのを待った。

待ったけれど、又吉は来なかった。

どうして？

たまたま何か急用が出来て来られないだけ？

しかし、次の日も、そのまた次の日も又吉は来なかった。そして、晦日になっても、又吉は来なかった。

嫌われたのか。

そうかもしれない。

やっぱり女郎が堅気の職人と夫婦になんぞはなれやしないんだ。

そう思っていた今日の昼、この男がやって来て言った。

「又吉のことは忘れて欲しい」

あー、やっぱり。おひろは思った。

所詮、女郎と客の、ただの寝物語だったんだ。

「これはね、私が又吉さんの住んでいる長屋の大家さんから預かってきたものです」

男が紙包みを懐からとり出して置いた。

なんですか？

という目でおひろは男を見た。

なんですかも何も、包みの中身は金だ。小判で三両（約三十万円）入っていた。

「あなたが年季が明けて、堅気になる時の、まぁ、何か商売をする時の資金の足しにでもしてくださいとのことづけです」

「なんでそんなに親切にしてくれるんですか」

「大家さんも私も、足を洗った女郎が幸福になっちゃいけないなんて思ってはいません」

「なら……」

「でもね。そう思う一方で、自分の倅は女郎と一緒にはさせたくはない。親の我儘です」

大家と言えば親も同然。同然なだけで、親ではない。だが縁あって、親子二代で自分の店に住んだ。ホントの親父の又兵衛は死んじまった。だから、自分がホントの親同然にしなくちゃいけない。

「あの人、俺に親なんかいないって言ってたんですよ」

おひろの目に涙が浮かんでいた。

「いいお父つぁんがいたんですねえ」

「ホントの親よりも過ぎた親かもしれませんな」

「でしゃばりの、とんでもない嫌な親ですねえ」

おひろは笑った。

男もつられて笑った。

「これは持って帰ってください」

おひろが包みを押し返した。

「そうはいきません。私も子供の使いではないので」

「じゃ、受け取りますが」

おひろはちょっと一息置いて言った。

「商売の資本なんかにはしませんよ。仲間と飲んで使っちまうんだ」

「どう使おうと、あなたのお金ですから。ご勝手にどうぞ」

用は済んだ。

男は立ち上がった。

「私だって、女郎が堅気の職人と一緒になれるなんて、本気で思っていたわけじゃないですよ」

おひろが誰に言うとなく言った。

「ちょっといい夢。見させていただきました。楽しい夢でござんしたね」

今戸（いまど）のそば屋で宗匠が一杯飲んでいた。

「あっ、宗匠、行って参りました」

入って来た男はさきほどおひろと会っていた昼遊びの男だった。

「ご苦労様」

宗匠は盃を男に差して、徳利の酒を注いだ。

「相手は所詮女郎です。金の包みを見たら、はいそうですかと。二度と又吉さんには会わないと言っておりました」

男は宗匠の弟子の一人で、なかなか弁が立つ。最近では、噺家などと名乗って寄席の高座に上がって、世間で見聞きした面白おかしい話をしている。

だが、それだけでは食えないので、こうして宗匠の使い走りもしている。

宗匠は一分金（約二万五千円）を紙に包んで男に渡した。

「ありがとうございます。じゃ、あっしは他に用事もあるので、これで」

行こうとする男の背に宗匠はポツリと言った。

「嫌な仕事を頼まれて、すまなかったねえ」

男はふり返り、ニッコリ笑った。

あなたがわかってくれるなら、嫌な仕事だっていくらでもしやすよ、男はそう言いたげだった。


二年というのは長いのか、短いのか。

あれからまた二年の月日が流れた。

佐兵衛は倅に町役人を譲って隠居はしたが、相変わらず霊岸島の家に住んで、住民の暮らしを見守っている。

又吉はしばらくしておよしと一緒になった。それについての細かな話はあとで記そう。

熊五郎は棟梁の娘、おようの婿となり、棟梁の跡を継ぐことになった。棟梁の代理で現場を仕切るのは熊五郎の仕事になっていた。

五反野に住む豪農の屋敷の普請を請け負い、若い者を十人連れて乗り込んだ。場所も遠いだけに、二月の間、五反野に泊まり込んだ。

普請も無事に済み、明日は江戸に戻るという日、熊五郎は若い者たちを連れて千住に繰り出した。二月も辛抱したんだ。この日くらいは羽目をはずさせてやる。それが棟梁の代理としての役目だ。

千住は日光街道第一の宿場町。品川、新宿、板橋と並び四宿と呼ばれ、おおいに栄えた街だ。

千住大橋の北側が宿場町で、南側は小塚原の刑場があったところから、小塚原が訛って、俗に「こつ」と呼ばれた遊女屋街がある。

千住の宿場よりもやや格下であるが、それだけ値段も安い。

「明日は江戸へ帰るんだ。今日は心ゆくまで、飲んで食って遊んでくれ」

熊五郎が言うと、

「いいんですかい、若棟梁」

番頭役で熊五郎よりも年嵩の重太が言った。

「飲んで食ってはいいが、遊んでっていうのは、お嬢様が角出しやすぜ」

「何言ってやがるんだ。おようは大工の娘だ。普請のあと、若い者連れて女郎買いに行くのにいちいちヤキモチなんぞ焼いたら恥だくらいのことは承知のことだよ」

金はたんまりある。それを持たせてくれたのもおようだ。

北側の宿場町でも遊べないこともないが、職人は格式ばったところで遊ぶよりも、気楽に遊べる店がいい。

高い店で値段を気にして飲むより、安い店でその店の一番高い酒を飲むのが職人なのだ。

たらふく飲み食いし、その夜は遊女屋に泊まることになった。

敵娼（あいかた）も決まり、それぞれが部屋に引き上げた。

しばらくしたら女がやって来た。

「お客さん、待たせてすまないね」

煙草を吸いながら、熊五郎は女の顔を見た。うりざね顔のいい女だ。

女は若い者たちから好きなのを選ばせた。自分に付くのは売れ残ったおかちめんこかと思った。

なかなかいい女が現われたので、熊五郎は驚いた。

そうか。若い連中は俺に気を遣いやがったな。一番いい女を残しておきやがった。

女房のおようは額が突き出して目が小さく鼻も低い。世辞にもいい女とは言えなかった。だから、「あんな女と一緒になってまで棟梁の座が欲しいのか」と陰口を叩かれたこともある。

世の中の奴らは何もわかっちゃいねえ。熊五郎は思った。

女の価値は心意気だ。おようは心根の綺麗な女だ。棟梁の娘として育ったので、下の者への心遣いが出来る。そういうところに惚れたんだよ。

だから。何もいい女を残しておかなくたっていいんだ。余計な心遣いなんだよ。

熊五郎はクスリと笑った。

「何か面白いことでもあったのかい」

女が聞いた。

「いいや、別になんでもねえよ」

一夜だけ、寝間を共にしてくれる女に女房の惚気（のろけ）を喋（しゃべ）るほど野暮じゃない。

熊五郎は思った。

何か話題を変えようと思ったら、女が半紙の束を持っていた。

「時にお前、その手に持ってるのはなんだ」

熊五郎が聞いた。

「これかい。熊野（くまの）権現の誓紙（せいし）だよ」

「熊野の誓紙？」

よく遊女が手練で書くと聞いたことがある。

「年季が明けたら夫婦になる」そうしたためて、紀州の熊野権現に誓うのだそうだ。

勿論、お互いが遊びと承知での戯言（ざれごと）だ。事実、この女も束で持っている。一体何枚書くんだろう。

「今、若い衆さんに買って来てもらったのさ」

女は笑いながら言った。

「いえさ、お客さんみたいな人は用のないものかもしれないが、野暮なお客もいるんだよ。これにね、『年季が明けたら夫婦になる』と書いて渡してやるとね、まぬけな独り者の客で、通って来るのがいるんだよ」

熊五郎は思わず吹き出した。又吉のことを思い出したからだ。

二年前、吉原の女に惚れた又吉だった。想い想われた仲だ、と言っていたのを、大家の佐兵衛が無理矢理引き離したのだが、女のほうは本気ではなかった。

又吉がそこまで惚れる女だ。一体どんな女だろうと、熊五郎は吉原へ行ってみた。

だがその時はもう、女はどこかへ住み替えていた。

年季が明けても又吉のところへは来なかった。

又吉はふられたのだ。

「さっきから、よく思い出し笑いをする人だね」

「すまねえ。ちょっとね、面白い話を思い出しちまったんだ」

「なんだい、面白い話ってえのは？　私にも聞かせておくれよ」

女が身を乗り出したので。

「なら、教えてやるがな」

と、熊五郎は話しはじめた。

「二年ほど前だ。俺の妹が嫁に行ったんだが、その亭主になろうって野郎がね、その頃、吉原に馴染みの女がいて、その女とは惚れて惚れられた仲だっていうんだよ」

「あらまぁ」

「で、妹よりもその女と一緒になりてえなんてぬかしやがってさ。大家さんがいい人で、何かと親身になってくれてよ。とうとう女のことを諦めさせて、妹と婚礼挙げたってこういうわけさ」

「へー、そうかい」

「女郎の言うこと真に受けて大騒ぎ。まぬけな野郎だね」

「でも、女は本気だったかもしれないよ。私は女郎が天職で、一生女郎でいたいと思うけどさ、朋輩の中には堅気のおかみさんになりたい、なんて思っている娘もいるからね。年齢をとると辛い稼業だよ。なんて言ったかね、
根津や谷中でお茶引くよりも…っていうのが」

「もともと女にはその気はなかったんだよ」

熊五郎は吉原へ行ったが、女に会えなかった話をした。

「それからが大変でな。野郎、死ぬの生きるの騒ぎやがったのを、なだめたり脅したり。最後は妹の一言が効いたね」

「妹さん、なんだって言ったんだい？」

「楽しい夢は夢でいいから。そろそろ現実をちゃんと見なさい。楽しい夢は夢でいいから。女のことをきっぱり忘れる必要はねえ。だけど、普段は夢の葛籠（つづら）に仕舞っておいて欲しい。一七歳の娘の言えることかって、俺は感心したね」

「妹さん、絵草紙の作者になったらいいのに」

「俺もそう思ったよ」

そう言えば、およしは絵草紙ばかり読んでいやがったなぁ。

「すまねえ。なんか俺ばかり、つまらねえ話してな」

「そんなことないよ。もっと聞かせて欲しい」女が言った。

「で、お前の妹は幸福なのかい？」

「えっ？」

「その男と一緒になって、今は幸福なのかい」

「夫婦のことだ。兄とは言え他人の俺にはなんとも言えないがな。又の野郎……、婿は又吉ってえんだがな」

「又吉？」

一瞬だが、女は遠くを見ていたようだが、熊五郎は気付かなかった。

「もともと腕はよかったからな。親方の信頼も篤く、いい仕事するから稼ぎもいいや。その後は吉原で遊んでいるなんて話は聞かねえし、そうそう。去年の春に、ガキが生まれたよ」

「そうかい」

女の言葉の響きが、ちょっと寂しそうだった。

廊下で若い衆の声がした。

「はい」

女が答えて、熊五郎を見た。

廻し部屋の客が待ちぼうけに腹を立てているらしい。

「行ってやりなよ」

熊五郎は言った。

「すまないね」

「女郎が廻しをとるのに、いちいち腹なんか立てちゃいられねえよ」

「すぐに戻ってくるから」

「戻らなくてもいいよ」

「続きを聞きたいんだよ。又吉さんとお前の妹の……」

「おひろさん、お早く願います」

若い衆の声がした。

「はい」

障子が開いて若い衆が顔を出した。

「どうも棟梁、申し訳ございません」

若い衆が頭を下げた。

「いいってことよ」

「すぐに戻って来るからね」

女は出て行った。

「おう、若い衆」

行こうとする男に熊五郎が声を掛けた。

「あの女、おひろっていうのか」

「へえ。おひろさんです」

「ホントの名前か？」

「野暮は言いっこなしですよ」

「呼び止めてすまねえ」

熊五郎は胴巻きから四文銭を数枚出して半紙に包んで若い衆に渡した。

「どうもすみません」

若い衆は礼を言って立ち去った。

おひろか。

熊五郎はどこかで聞いたことのある名前だと思ったが、誰だったのか思い出せずにいた。

女はその晩、戻って来なかった。

こんなことを思うのは野暮かもしれないが、熊五郎はちょっとだけ惜しかったなぁと思った。

解　説――だからいつまでも余韻が残るのである

文芸評論家　大矢博子

演芸作家・落語研究家の稲田和浩の、初時代小説である。

一読して驚いた。堂に入ったものだ。だが考えてみれば当たり前で、落語や浪曲、講談、漫才などの大衆芸能の脚本を長年書いてきた人物である。人情ものからコミカルな掛け合いまで、キャラを立たせ場面の組み立てを考え受け手のツボを押さえて物語を作るという仕事をずっとしてきたのだから。山本周五郎の「ひとごろし」を脚色した芝居を書いたこともあるという。着々と力を蓄えてのデビューと言っていい。

それにしても、である。この構成には舌を巻いた。上手いなあ。

物語は「供花」という短い話から始まる。霊岸島の長屋で子ども相手に駄菓子の小商いをしていた婆さんが亡くなった。名は、おひろ。この長屋に住み始めて三年、還暦間近という年齢だった。身寄りもないので、長屋の大家・佐兵衛は簡単な通夜で済ませられると思っていたが、驚いたことに三十人もの弔問客が訪れたのである。たかが駄菓子屋の婆さんに、どうして？　というのが「供花」のあらすじである。話が中途半端で終わった印象を受けるかもしれないが、これは全体の中で序章に当たる。この「供花」を受けて、第二話の「千住の一本桜」以降、おひろのこれまでが語られ、弔問客との関係が少しずつ明らかになっていくという趣向だ。

さて、どこまで書いていいものか。本来ならまっさらの状態で少しずつ自分でおひろの人生を追って欲しいのだが、第二話の舞台は「供花」から三十年前、二十九歳のおひろが千住の伊勢屋という飯盛宿（飯盛りの名目で遊女を置いている旅籠）にいた、というところまでは書いてもいいだろう。十二のときに吉原に売られたおひろは二十六で年季が明け、そこから伊勢屋に移った。伊勢屋の一番人気として三年間遊女をしていたが、伊勢屋の主人から「おばさんにならないか」と持ちかけられる。

おばさん、というのは遊女以外の女の奉公人を指す言葉で、ここでは遊女の差配をする、いわゆる遣り手婆のことだ。

第二話を皮切りに、おばさんとして女郎宿で働くおひろの姿が、時代を跳びながら描かれることになる。

第二話「千住の一本桜」のおひろは二十九歳、続く「紫陽花」では三十三歳になっている。第三話「女郎花」では、おばさんになって十年近くとあるので、三十代の後半だ。

第四話「紅葉狩り」は少々趣が変わる。おひろがなかなか出てこないのである。話の中心は別の人物だ。この時のおひろが何歳なのかは明記されていないが、後でわかる。いや、この話自体が後で効いてくる、と言った方がいいか。

第五話「水仙」では、おひろは五十代になっている。そして最終話「年季が明けたら」になるのだが——順に行けば、伊勢屋を辞めたおひろが冒頭の長屋に移り住む話ということになるはずが、そうはならない。これが上手い。最後にこれを持ってきたか、と思わず唸ってしまった。

お読みいただければわかるが、本書は第二話以降でおひろの人生を順に追っているようでいて、決してそうではないのだ。どういうことか。それが本書の構成のキモである。

先ほど、ざっと全体の流れを述べたが、あれはおひろの年齢だけに焦点を当てたものだ。各話ごとに異なるテーマがある。たとえば第二話は捕物帖だし、第三話は切ない悲恋ものだ。第四話は、複数の厄介ごとをうまくつなげて解決する、気持ちのいい世話物である。妙な言い方になるが、おひろの話なしでも立派に一編の物語として成立する完成度の高さで、このあたり、さすが守備範囲の広い演芸作家の腕が光っている。

だが、それぞれ一話完結の異なる出来事を扱う中で、ふと、おひろの過去の話や別の場所でのエピソードが出てくるのだ。つまり本書は、時系列に沿っているように見えて、個々の話に含まれるおひろの話は時代が前後しているという二段構えになっているのである。

中で語られたおひろの話が、複数の話にまたがって絶妙につながっていく。断片的な情報が、いつしかおひろというひとりの女の人生になる。そして、おひろの人生を左右した重要な人物の話が、また別の流れとして複数の話にまたがって語られるのである。個々の短編でそれぞれの話を味わった読者は、すべてを読み終わったとき初めて、長編としての物語の全体像を知ることになる。

構成に舌を巻いた、と書いたのはこのことだ。

著者はかなり複雑なことをやっているのである。どれほど緻密（ちみつ）な設計図を書いたことか。ところがその複雑で緻密な構成を、まったく複雑に見せず、さらっと書いて読者を惹（ひ）きつける。一話ごとに断片的な情報が少しずつつながる楽しさを味わわせ、随所で「ああ、第一話に出てきたあの人は、こういう関係だったのか」「あの場面で少し触れられていた出来事は、このことだったのか」という驚きとカタルシスを与え、最後にすべてがわかったとき、そこに浮かび上がるドラマの豊饒（ほうじょう）さに嘆息（たんそく）する仕掛けになっているのだ。

何より上手いのは、すべてを書かない、という手法にある。時間を跳ばすことで、読者の想像に委ねる部分を絶妙に残している。あるいはヒントだけ出して、読者が自由な推理を楽しめるようにしている。たとえば第四話に出て来る町役人の佐兵衛。第一話に出てきた長屋の大家と同じ名前だが、時代も年齢も合わない。はて？　ああ、こうつながるのか、と気づいたときの嬉しさたるや。書かない、というのは実はかなり難しいことなのだが、その按配（あんばい）が実に上手い。だからいつまでも余韻が残るのである。

すべてを書かない、という点で、時代考証の巧みさにも触れておこう。おばさん、中っ腹、当たり箱といった当時の言葉の使い方や、女郎宿のシステムなどの紹介はもちろんだが、たとえば第二話に登場する歌川国芳（うたがわくによし）の水滸伝（すいこでん）の刺青（いれずみ）に注目願いたい。国芳の水滸伝が当たりをとるのは文政（ぶんせい）末期から天保（てんぽう）年間だ。これだけで舞台が江戸時代末期ということをさりげなく伝えている。

　加えて、第五話だ。伊勢屋にふたりの男性客が来る。ひとりは巨漢、もうひとりは痩（や）せた男。巨漢が九州の方言を使い、痩せた男の職業と苗字と生国がわかった時点で、彼らの正体に気づいてニヤリとした読者は多いだろう。おひろは、注文された酒を巨漢が飲むと思い込んでいたが、彼が下戸（げこ）なのは有名な話。実は痩せた男の方が飲んだんだな、というところまで読者が勝手に想像できてしまうのが楽しい。

　ということは、第五話は安政年間の話だ。この時点でおひろは五十四歳、亡くなったのが還暦間近だから、第一話「供花」はおそらく文久年間ということになる。いちいち書いてはいないが、そういう辻褄がちゃんと合うようになっているのである。もちろんそんなところは気にせず、ただ物語を味わうだけで充分なのだが、読めば読むほどに発見があるというのは嬉しいではないか。

　それにしても、処女作でこれほどまでに目配りの利いた、手練れの作品を出してくるとは。今後が楽しみでならない。演芸作家としての仕事も忙しいこととは思うが、ぜひ、今後も時代小説を世に出し続けてほしい。

一〇〇字書評

そんな夢をあともう少し

切・り・取・り・線

購買動機（新聞、雑誌名を記入するか、あるいは○をつけてください）

□（　　　　　　　　　　　　）の広告を見て
□（　　　　　　　　　　　　）の書評を見て
□ 知人のすすめで　□ タイトルに惹かれて
□ カバーが良かったから　□ 内容が面白そうだから
□ 好きな作家だから　□ 好きな分野の本だから

・最近、最も感銘を受けた作品名をお書き下さい

・あなたのお好きな作家名をお書き下さい

・その他、ご要望がありましたらお書き下さい

住所	〒				
氏名		職業		年齢	
Eメール	※携帯には配信できません	新刊情報等のメール配信を 希望する・しない			

この本の感想を、編集部までお寄せいただけたらありがたく存じます。今後の企画の参考にさせていただきます。Eメールでも結構です。

いただいた「一〇〇字書評」は、新聞・雑誌等に紹介させていただくことがあります。その場合はお礼として特製図書カードを差し上げます。

前ページの原稿用紙に書評をお書きの上、切り取り、左記までお送り下さい。宛先の住所は不要です。

なお、ご記入いただいたお名前、ご住所等は、書評紹介の事前了解、謝礼のお届けのためだけに利用し、そのほかの目的のために利用することはありません。

〒一〇一－八七〇一
祥伝社文庫編集長　坂口芳和
電話　〇三（三二六五）二〇八〇

祥伝社ホームページの「ブックレビュー」からも、書き込めます。

http://www.shodensha.co.jp/bookreview/

祥伝社文庫

そんな夢(ゆめ)をあともう少(すこ)し　千住(せんじゅ)のおひろ花便(はなだよ)り

平成31年1月20日　初版第1刷発行

著　者　稲田和浩(いなだかずひろ)
発行者　辻　浩明
発行所　祥伝社(しょうでんしゃ)
東京都千代田区神田神保町3-3
〒101-8701
電話　03（3265）2081（販売部）
電話　03（3265）2080（編集部）
電話　03（3265）3622（業務部）
http://www.shodensha.co.jp/
印刷所　堀内印刷
製本所　積信堂
カバーフォーマットデザイン　中原達治

Printed in Japan ©2019, Kazuhiro Inada　ISBN978-4-396-34491-7 C0193

祥伝社文庫の好評既刊

野口 卓 **軍鶏侍**（しゃもざむらい）

闘鶏の美しさに魅入られた隠居剣士が、藩の政争に巻き込まれる。流麗な筆致で武士の哀切を描く。

野口 卓 **獺祭**（だっさい） 軍鶏侍②

細谷正充氏、驚嘆！ 侍として峻烈に生き、剣の師として弟子たちの成長に悩み、温かく見守る姿を描いた傑作。

野口 卓 **飛翔** 軍鶏侍③

小梛治宣氏、感嘆！ 冒頭から読み心地抜群。師と弟子が互いに成長していく成長譚としての味わい深さ。

野口 卓 **水を出る** 軍鶏侍④

源太夫の導く道は、剣のみにあらず。強くなれ——弟子、息子、苦悩するものに寄り添う軍鶏侍。

野口 卓 **ふたたびの園瀬** 軍鶏侍⑤

軍鶏侍の一番弟子が、江戸の娘に恋をした。美しい風景の故郷に一緒に帰ることを夢見るふたりの運命は——。

野口 卓 **危機** 軍鶏侍⑥

園瀬に迫る公儀の影。もしや、狙いは祭りそのもの？ 民が待ち望む盆踊りを前に、軍鶏侍は藩を守れるのか⁉

祥伝社文庫の好評既刊

藤原緋沙子
残り鷺(さぎ)
橋廻り同心・平七郎控⑩

「帰れない……あの橋を渡れないの……」――謎のご落胤(らくいん)に付き従う女の意外な素性とは？　シリーズ急展開！

藤原緋沙子
風草の道
橋廻り同心・平七郎控⑪

旗本の子ながら、盗人にまで堕ちた男が逃亡した。非情な運命に翻弄された男を、平七郎はどう裁くのか？

五十嵐佳子
読売屋お吉 甘味とぉんと帖

菓子処の看板娘が瓦版記者になった！部類の菓子好き、読売書き見習いのお吉が様々な銘菓と事件に大遭遇する。

五十嵐佳子
わすれ落雁
読売屋お吉甘味帖

読売書き見習いお吉が出会った少年は、すっかり記憶を無くしていた。そこに巷を騒がす贋金事件が絡まって……。

有馬美季子
縄のれん福寿(ふくじゅ)
細腕お園(その)美味草紙

〈福寿〉の料理は人を元気づけると評判だ。女将・お園の心づくしの一品が、人と人とを温かく包み込む江戸料理帖。

有馬美季子
さくら餅
縄のれん福寿②

生みの母を捜しに、信州から出てきた連太郎(れんたろう)。お園の温かな料理が、健気(けなげ)に悩み惑う少年を導いていく。